금오신화

우리 고전 다시 읽기

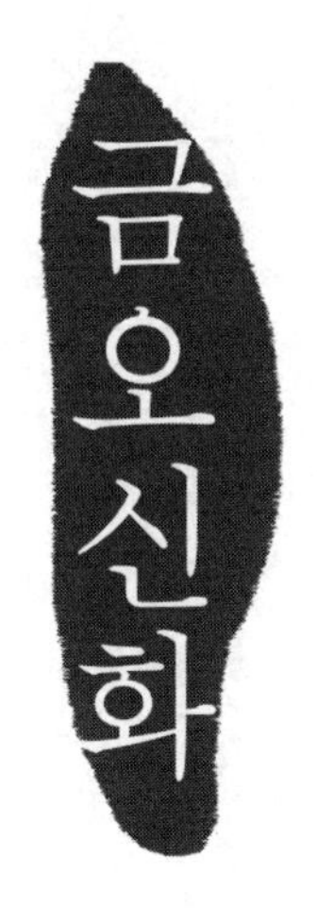

김시습 지음

구인환(서울대 명예교수) 엮음

좋은 책 좋은 독자를 만드는 —

(주)신원문화사

머리말

수천년 동안 한 민족이 국가의 체제를 갖추어 연면한 역사와 전통을 계속해 왔다는 것은 인류 역사를 살펴봐도 그렇게 흔한 일이 아니다. 그리고 그 민족이 고유한 문자를 가지고 후세에 길이 전할 문헌을 남겼다는 것은 더욱 흔한 일이 아닐 것이다.

이러한 면에서 볼 때 우리 한민족은 세계 어느 나라와 비교해도 손색없고, 자랑스러운 역사와 전통을 이어왔다. 우리 한민족은 5천 여 년의 기나긴 역사를 통하여 수많은 외세의 침략을 받아 백척간두의 국난을 겪으면서도 우리의 역사, 한민족 고유의 전통을 면면히 이어온 슬기로운 조상이 있었다. 이러한 까닭으로 오늘날 빛나는 민족의 문화 유산을 이어받은 것이다.

고전 문학(古典文學)이란 실용성을 잃고도 여전히 존재할 만한 값어치가 있고, 시대와 사회는 변해도 항상 시대를 초월하여 혈연의 외침으로 우리의 공감대를 울려 주기에 충분한 문화적 유산이다. 그러므로 오늘을 사는 우리들은 조상의 얼이 담긴 옛

문헌을 잘 간직하여 먼 후손들에게까지 길이 이어주어야 할 사명감을 가져야 할 것이다.

고전 문학, 특히 국문학(國文學)을 규정하는 기준이 국어요, 나라 글자라면 우리 민족의 생활 감정을 표현한 국문 작품이야말로 진정한 국문학이 된다 할 것이다.

그러나 우리 고유 문자의 탄생은 오랜 민족 역사에 비해 훨씬 후대에 이루어졌다. 이 까닭으로 우리 민족은 일찍부터 외국의 문자, 즉 한자가 들어와서 사용했다. 이처럼 우리 선조들이 고유 문자가 없음을 한탄할 때에, 세종조에 와서 마침 인재를 얻어 훈민정음이 창제되었다. 하지만 여전히 한자가 독보적인 행세를 하여 이 땅에 화려한 꽃을 피웠다. 따라서 표현한 문자는 다를지언정 한자로 된 작품도 역시 우리 민족의 생활 감정을 나타낸 우리의 문학 작품이다. 이러한 귀결로 국 · 한문 작품을 '고전 문학' 으로 묶어 함께 싣기로 했다.

우리 글이 창제된 이후에도 우리 선조들의 손으로 쓰여진 서책이 수만 권에 달한다. 그 가운데에서 국문학상 뛰어난 몇몇 작품을 선정하는 것은 물론 산재해 있는 문헌의 자료를 수집하기 위해 숨어 간직되어 있는 작품을 찾아내는 것도 여간 어려운 일이 아니었다. 그럼에도 이만한 성과를 거두고 이만한 고전 문학 작품을 추리는 것은 현재를 삼는 우리의 당연한 책임이자 의무이다. 다만 한정된 지면과 미처 찾아내지 못한 더 많은 작품이 실리지 못한 것이 아쉬울 따름이다.

엮은이 씀

차례

금오신화

만복사저포기(萬福寺樗蒲記)

만복사에서의 저포놀이

전라도 남원(南原) 땅에 양생(梁生)[1]이란 사람이 살고 있었다. 그는 일찍이 부모를 여의고, 아직 장가를 들지 못하여 만복사(萬福寺)[2]의 동쪽에 방 한 칸을 얻어 홀로 외로이 살고 있었다. 양생이 살고 있는 방 앞에는 배나무 한 그루가 있었는데, 마침 봄을 맞아 배꽃이 활짝 피어나서 온 뜰 안이 은세계를 이룬 듯 아름다웠다. 그는 달밤이면 언제나 그 배꽃나무 아래를 거닐면서 시 읊기를 즐기곤 하였다.

한 그루 배꽃나무 외로움을 달래 주나,
휘영청 달 밝은 밤 홀로 보내기 괴롭구나.
사나이 홀로 누운 호젓한 창가로,

---

1) 양서생. 서생은 유학을 닦던 사람을 일컬음.
2) 전라도 남원에 있는 절. 고려 문종 때에 창건되었다고 함.

어디선가 고운 임 퉁소를 불어 주네.

외로운 저 물총새는 홀로 날아가고,
짝 잃은 원앙새는 맑은 물에 노니는데
기보를 풀어 보며 인연을 그리다가,
등불로 점치고는[1] 창가에서 시름하네.

양생이 시를 읊고 나자, 갑자기 공중에서 이상한 소리가 들려왔다.

"그대가 좋은 배필을 얻고자 한다면 어찌 이뤄지지 않으리라고 걱정하느냐?"

그 소리를 듣고 양생은 마음 속으로 기뻐하였다.

그 이튿날은 마침 3월 24일이었다. 이 고을에서는 이날이 되면 만복사에 가서 등불을 밝히고 복을 비는 풍속이 있었는데, 청춘 남녀들이 모여들어 각기 소원을 빌었다. 날이 저물고 법회가 끝나자, 사람들이 드물어졌다. 양생은 소매 속에서 저포(樗蒲)[2]를 꺼내어 부처님 앞에 내놓으며 소원을 말씀드렸다.

"제가 오늘 부처님을 모시고 저포놀이를 해 볼까 합니다. 만약 제가 지면 법연(法筵)을 설치하고 불공을 드리겠습니다. 부처님께서 지시거든 아름다운 배필을 구하셔서 저의 소원을 이루어 주십시오."

빌기를 마치고 나서 곧 저포를 던지자 과연 양생이 이겼다.

---

1) 복등화(卜燈花)라고 하여, 등불의 밝음과 어둠으로써 길흉을 점치는 일.
2) 도박 노름의 하나. 백제 때의 잡스러운 놀음놀이 중에 저포란 것이 있었다고 하지만 여기서는 주사위를 가리키는 듯함.

그는 곧 부처님 앞에 무릎을 꿇고 말했다.

"인연은 이미 정해졌으니 속이지는 마시기 바랍니다."

양생은 불좌 밑에 숨어서 약속한 배필이 나타나기를 기다렸다. 얼마 뒤에 한 아리따운 아가씨가 들어오는데, 나이는 열대여섯 가량 되어 보였다. 머리를 두 갈래로 땋고 깨끗한 차림을 하였는데, 얼굴과 태도가 흡사 하늘나라의 선녀와 같았으며 바라볼수록 엄전하였다.

아가씨는 고운 손으로 등잔에 기름을 따라 불을 켜고, 향로에 향을 꽂은 후 세 번 절하고는 꿇어앉아 한숨을 짓고 탄식하며 말하였다.

"인생이 박명(薄命)[3]한들 어찌 나 같을 수 있을까?"

그리고는 품속에서 축원문을 꺼내어 불탁 위에 바쳤다. 그 글에는 다음과 같은 사연이 적혀 있었다.

'아무 고을 아무 마을에 사는 소녀 아무개는 삼가 부처님께 사룁니다. 지난번 변방의 방비가 무너져 왜구가 침범해 와 싸움은 눈앞에서 치열하였고 봉화는 여러 해나 계속되었습니다. 왜적이 집을 불사르고 백성들을 노략질하므로 사람들이 동서로 달아나고 좌우로 도망해 가니 우리 친척과 종들도 사방으로 흩어졌습니다. 저는 가냘픈 몸이라 멀리는 피난 가지 못해 깊숙한 골방으로 숨어들어 끝내 굳건히 정절을 지키고, 윤리에 벗어난 행실을 저지르지 않고서 난리의 화를 면하였습니다. 저의 부모님께서도 여자로서 정절을 지킨 것이 그르지 않았다고 하여, 한적한 곳으로 옮겨 잠시 초야에서 살게 해주셨는데, 그런지가 어

3) 기구한 운명. 팔자가 사나움.

느덧 3년이나 되었습니다. 저는 달 밝은 가을밤과 꽃 피는 봄철을 아픈 마음으로 헛되이 보내고, 뜬구름 흐르는 물과 더불어 무료(無聊)하게 나날을 보냈습니다. 쓸쓸한 골짜기에 외로이 머물면서 제 박명한 일생을 한탄하였고, 꽃다운 밤을 혼자 지새우면서 채란(彩鸞)의 외로운 춤을 슬퍼하였습니다. 그런데 날이 갈고 달이 바뀌니 이제 혼백마저 사라져 없어졌고, 기나긴 여름날과 겨울밤에는 간담이 찢어지고 창자마저 끊어질 듯합니다. 자비하신 부처님이시여, 제발 소녀를 불쌍히 여기시어 각별히 돌봐 주십시오. 사람의 한평생은 태어나기 전부터 정해져 있으며 선악의 응보(應報)를 피할 수 없으니, 저의 타고난 운명에도 인연이 있을 것이오니 빨리 배필을 정해 주시어 즐거움을 얻게 해주시기를 간절히 빌어 마지않습니다.'

아가씨는 축원을 마치고 나서 여러 번 흐느껴 울었다. 이때 양생은 불좌 밑에서 아가씨의 모습을 보고는 마음을 걷잡을 수 없어 뛰쳐나가서 말을 건넸다.

"조금 전에 부처님께 글월을 올리셨지요. 무슨 일 때문이십니까?"

그는 아가씨가 올린 글을 읽어 보고 얼굴에 기쁨이 흘러 넘치며 말했다.

"아가씨는 어떤 사람이기에 혼자서 여기까지 왔습니까?"

아가씨가 대답했다.

"저 또한 사람입니다. 무슨 의심나는 일이 있으십니까? 당신께서는 다만 아름다운 배필만 얻으시면 될 테니까 반드시 이름을 묻거나 그렇게 당황해하실 필요는 없을 것 같습니다."

이때 만복사는 이미 퇴락하여 스님들은 한쪽 구석진 방에 머물고 있었다. 법당 앞에는 다만 행랑(行廊)[1]만이 쓸쓸하게 남아 있었고, 행랑이 끝난 곳에 좁다란 판자방 하나가 있었다. 양생이 슬그머니 아가씨의 손을 잡고 그곳으로 들어가니 그녀도 어려워하지 않고 따랐다.

그들은 서로 즐거움을 나누었는데, 보통 사람과 조금도 다름이 없었다. 이윽고 밤은 깊어서 달이 동산에 떠오르자 달 그림자가 창살에 비치었다. 문득 발자국 소리가 들려 왔다. 아가씨는 입을 열어 물었다.

"누구냐, 시녀가 온 게 아니냐?"

시녀가 대답했다.

"예 접니다. 요즘 아가씨께서는 출타하시더라도 중문(中門)[2] 밖을 더 나가지 않으셨고, 보행을 하시더라도 서너 걸음 이상 하시지 않으셨는데 어제 저녁에는 우연히 나가시더니 어찌 이곳까지 오셨습니까?"

아가씨가 말했다.

"오늘 일은 아마 우연한 일이 아닐 것이다. 하느님이 도우시고 부처님이 돌보셔서 한 분의 고운 임을 만나 백년해로하기로 하였다. 부모님께 알리지 않은 것은 예절에 어긋났다 하겠으나 서로 즐거이 맞이하게 된 것은 또한 평생의 기이한 인연이라 하겠다. 너는 집으로 가서 앉을 자리와 주과(酒果)를 가져오너라."

시녀는 분부에 따라 돌아가서 뜰에 자리를 깔고 술상을 차려 놓으니, 시간은 벌써 사경(四更)[3]이나 되었다.

---

1) 대문의 양쪽에 벌여 있어 주로 하인들이 거처하는 방.

2) 대문 안에 거듭 세운 문. 중대문.

3) 새벽 2시 전후의 시작.

시녀는 방석과 술상을 품위 있게 차려 놓았는데 모두 무늬가 없이 깨끗했으며, 술에서 풍기는 향기로운 냄새도 정녕 인간 세상의 솜씨는 아니었다.

양생은 비록 의심이 나고 괴이하게 여겼지만, 아가씨의 말씨와 웃음소리가 맑고 고우며 얼굴과 몸가짐이 얌전하였으므로 틀림없이 귀한 집 처녀가 담을 넘어온 것이려니 생각하고는 더 이상 의심하지 않았다.

아가씨는 양생에게 술잔을 올리면서 시녀에게 노래를 불러 흥을 돋우도록 명령하고는 양생을 바라보며 말했다.

"이 아이는 옛 곡조밖에 모릅니다. 제가 새로운 가사를 하나 지어서 흥을 돋우면 어떻겠습니까?"

양생은 매우 기뻐하며 대답했다.

"좋습니다."

이에 그녀는 만강홍(滿江紅)[1] 곡조에 맞추어 가사를 지어 시녀에게 부르게 했다.

쌀쌀한 이른 봄날 명주 적삼은 아직 얇아,
몇 번이나 애태웠던가, 향로불이 꺼졌는가 하고.
앞 산 저문 빛은 그린 눈썹 흡사하고,
저녁 구름은 일산(日傘)[2]처럼 퍼졌는데,
비단 장막 원앙금[3]에 짝지을 이 없어,
금비녀 반만 꽂은 채 퉁소를 불어보네.

---

1) 노랫가락의 이름.
2) 흰 바탕에 푸른 선을 두른 긴 양산.
3) 원앙을 수놓은 이불.

아쉬워라, 세월이란 이다지도 빠르던가,
마음 속 깊은 시름 답답하기 그지없네.
등불은 가물가물 낮게 두른 병풍 속에,
나 홀로 눈물진들 그 누가 돌아보랴.
즐거워라, 이 밤에 피리를 불어 봄이 왔으니[4),
쌓이고 쌓인 천고의 한이 스러지네.
금루(金縷)[5) 가락에 술잔을 기울이세.
한스런 그 옛날 이제 와 슬퍼하니,
외로운 방에서 수심을 안고 잠이 들었었지.

노래가 끝나자 아가씨는 서글프게 말했다.

"일찍이 봉래산(蓬萊山)[6)에서 만나기로 했던 약속은 어겼습니다마는, 오늘 소상강(瀟湘江)에서 옛 낭군을 다시 뵙게 되었으니 어찌 하늘이 준 다행이 아니겠습니까? 낭군께서 저를 멀리하여 저버리지 않으신다면 끝까지 시중을 들까 하오며, 만일 저의 소원을 들어주시지 않는다면 저는 영원히 자취를 감추겠습니다."

양생은 이 말을 들으니 한편 고마웠으나 또한 놀라면서 말했다.

"어찌 당신의 말에 따르지 않겠습니까?"

그래도 그녀의 태도가 심상하지 않았으므로 양생은 그녀의

4) 중국 전국 시대 때에 제나라 추연이 추운 지방에서 피리를 불어 기후를 따뜻하게 했다는 고사가 있음.
5) 금루곡 · 금루의. 옛 곡조의 이름.
6) 중국 당나라 현종과 양귀비가 봉래산에서 서로 만나기로 했다는 고사가 있음. 봉래산은 가상적인 산.

행동을 자세히 살펴보았다. 이때 달은 이미 서쪽 봉우리에 걸려 있었고, 먼 마을에는 닭 울음소리가 들려 왔으며 절의 종소리가 처음으로 들려 왔다. 날이 바야흐로 새려 하자, 아가씨가 시녀에게 말했다.

"너는 자리를 거두어서 집으로 돌아가거라."

시녀는 대답하자 곧 없어졌는데 간 곳을 알 수 없었다. 아가씨가 양생에게 말했다.

"인연은 이미 정해졌으니, 낭군을 모시고 함께 집으로 돌아가려 합니다."

양생이 그녀의 손을 잡고 마을을 지나가는데 개들은 울타리 밑에서 짖어 대고 사람들은 길을 나다녔다. 그러나 길 가는 사람들은 양생이 아가씨와 함께 가는 것을 알지 못하고서 다만 이렇게 물었다.

"서생은 어디에 갔다가 이렇게 일찍 돌아오시오."

양생이 대답했다.

"어젯밤 만복사에서 술에 취해 누워 있다가 친구가 사는 마을을 찾아가는 길입니다."

날이 새자 아가씨는 양생을 인도하여 깊은 숲을 헤치고 가는데 이슬이 흠뻑 내려서 길을 찾을 수 없었다.

양생은 아가씨에게 물었다.

"어찌 거처하는 곳이 이렇습니까?"

그녀가 대답했다.

"홀로 사는 여인의 거처는 본디 이렇습니다."

그녀는 다시 《시경(詩經)》[1]의 옛 시 한 수를 외면서 농담을 걸어왔다.

축축히 내린 길가의 이슬,
어른 아침과 늦은 밤엔 어찌 다니지 않나?
이슬이 많아서 가지를 못한다네.

양생도 또한 《시경》의 옛 시를 외어 화답했다.

어슬렁어슬렁 수여우는 다리 위를 거니네.
노(魯)나라로 뻗어간 길도 평탄하여,
제(齊)나라의 아가씨 넋 잃고 달려가네.

두 사람은 읊고 한바탕 웃고 나서 마침내 함께 개녕동(開寧洞)[2]으로 갔다. 다북쑥이 들을 덮고 가시나무가 하늘을 향해 높이 늘어선 속에 집 한 채가 있는데, 자그마하면서도 매우 화려했다. 그는 아가씨가 인도하는 대로 따라 들어갔다. 방 안에는 이부자리와 휘장이 잘 정돈되어 있었는데, 벌여 놓은 품이 어젯밤과 같았다.

양생은 그곳에서 3일을 머물렀는데 즐거움이 평상시와 조금도 다름이 없었다. 시녀는 아름다우면서도 교활하지 않았고, 좌우에 진열된 그릇은 깨끗하면서도 사치스럽지 않았다. 양생에게는 그것들이 인간 세상의 것이 아니라는 생각이 들었으나 그녀의 은근한 정에 끌려 다시는 그런 생각을 하지 않았다. 사흘 후 아가씨는 양생에게 말했다.

---

1) 5경(五經)의 하나로, 공자가 편찬했다고 한다. 은나라 때부터 춘추 시대까지의 시 311편으로, 국풍(國風) · 아(雅) · 송(頌)의 세 부분으로 나눔.
2) 거녕현인 듯하지만 자세히 알 수 없음.

"이곳의 사흘은 인간 세상의 3년과 같습니다. 낭군은 이제 집으로 돌아가셔서 생업을 돌보십시오."

드디어 이별의 잔치를 베풀며 헤어지게 되자, 양생은 탄식하면서 말했다.

"어찌 이별이 이다지도 빠르오?"

그녀가 대답했다.

"다시 만나 평생의 소원을 풀게 될 것입니다. 오늘 누추한 이곳까지 오시게 된 것도 반드시 묵은 인연이 있었기 때문입니다. 저희 이웃 친척들을 한번 만나 보시는 것이 어떻겠습니까?"

양생은 말했다.

"예, 좋습니다."

아가씨는 곧 시녀를 시켜 사방의 이웃 친척들에게 알려 모이게 했다. 이날 모인 사람은 첫째는 정(鄭)씨, 둘째는 오(吳)씨이며, 셋째는 김(金)씨이고 넷째는 류(柳)씨인데, 모두 문벌이 높은, 귀족집 따님으로 이 아가씨와는 한 마을에 사는 친척 처녀들이었다.

성품이 온순하고 인자하며 풍류와 운치가 보통이 아니었고, 또한 총명하고 글도 많이 알아 시를 잘 지었다.

그들은 모두 칠언절구(七言絶句)[1)] 네 수씩을 지어 양생을 전별해 주었다. 정씨는 태도와 풍류가 갖추어진 아가씨인데, 곱게 쪽찐 머리채가 귀 밑을 살짝 가리고 있었다. 그녀는 탄식하며 시를 읊었다.

---

1) 한 구가 일곱 자로 된 한시의 한 체.

꽃 피는 봄밤에 달빛마저 고운데,
내 시름 그지없어 세월조차 아득하네.
이 몸이 죽어 가서 비익조(比翼鳥)[2]나 된다면,
쌍쌍이 노닐면서 푸른 하늘 아래 춤추리라.

칠등(漆燈)엔 불빛도 없으니 밤이 얼마나 깊었는지,
북두칠성 가로 비끼고 달도 반쯤 기울었네.
쓸쓸한 나의 침소 뉘라서 찾아오리,
푸른 적삼은 구겨지고 쪽진 머리도 헝클어졌네.

매화 지니 맺은 가약도 속절없이 되어 버렸네.[3]
봄바람 건듯 부니 사랑은 지나갔네.
베갯머리 눈물 자국 얼마나 적셨던고,
무심한 산비 내려 배꽃만 뜰에 가득 떨어졌네.

꽃다운 청춘을 무료하게 보내려니,
적막한 공산(公山)에서 잠 못 이룬 지 몇 밤이던가?
남교(藍橋)[4]에 지나는 길손 볼 길 없어 하나니,
어느 해에 배항(裴航)[5]처럼 운교(雲翹) 부인[6]을 만나려나.

---

2) 상상의 새. 이 새는 눈과 날개가 각각 하나씩 있어 두 마리가 나란히 날아야 비로소 날 수 있다 해서 비익조라고 함.
3) 매화가 지는 것을 처녀가 혼기를 놓침에 비유한 말.
4) 중국의 섬서 남전현 동남쪽에 있는 땅 이름. 그곳은 신선이 사는 굴이 있는데, 당나라 때 배항이 운영을 만난 곳이라고 전함.
5) 중국 당나라 때 사람. 그가 아직 과거에 오르지 못했을 때 운교라는 부인을 만났는데, 부인이 남교의 신선굴을 가르쳐 줌으로써 그곳에서 운영을 만남.
6) 배항에게 남교의 신선굴을 가르쳐 주었음.

오씨는 두 갈래로 땋은 머리에 요염하고도 날씬한 몸매로 속에서 일어나는 정회를 가누지 못하며 뒤를 이어 읊었다.

만복사에 공들이고 돌아오던 길이던가,
가만히 던진 저포 그 소원 누가 알리.
꽃 피는 봄날 가을 달밤에 그지없는 그 원한을,
임이 주신 한 잔 술로 행여나 씻어 보세.

복숭아꽃 붉은 볼에 새벽 이슬 적셨건만,
깊은 골 한 봄 되어도 나비조차 오지 않네.
기뻐라 이웃집은 가약을 맺었다고,
새 곡조 다시 부르며 황금 술잔이 오고가네.

해마다 오는 제비는 봄바람에 춤을 추건만,
애끓는 이내 사랑 헛되고 말았구나.
부러워라, 저 연꽃은 꼭지까지 나란히,
깊은 밤 못 속에서 함께 목욕하는구나.

푸른 산 그윽한 곳 높이 솟은 다락 아래,
연리지(連理枝)[1]에 열린 꽃은 해마다 붉건마는,
서럽다 우리 인생은 저 나무만도 못하는가,
박명한 이 청춘은 눈물만이 고이누나.

---

1) 중국 전국 시대 한풍(韓馮) 부부의 무덤 위에 났다는 두 그루의 가래나무. 이 나무는 뿌리가 땅 속에서 서로 맞닿아 있고, 나뭇가지는 퍼져서 서로 연이어져 있다고 함.

김씨는 그 몸가짐을 바로잡고 엄전한 태도로 붓에 먹을 찍더니 앞에 읊은 시가 너무 음탕하다고 책망하면서 말했다.

"오늘 모임에서는 여러 말할 것 없이 다만 이 자리의 광경만 읊어야 할 텐데, 어째서 마음의 회포를 털어놓아 우리들의 절조를 잃게 하고, 우리들의 마음을 인간 세상에 전하도록 하겠습니까?"

하고 그녀는 낭랑한 목소리로 시를 지어 읊었다.

오경 깊은 밤에 두견새 울고 갈 제,
희미한 은하수는 동쪽으로 기울었네.
애끓는 옥퉁소를 다시는 부지 마소,
그윽한 이 풍경을 속인이 알까 두렵네.

오정주(烏程酒)를 가득히 금잔에다 부으리라,
취하도록 잡수시고 술이 많다 사양 마소.[2]
날이 밝아 동풍이 사납게 불어오면,
한 토막 봄날의 꿈을 내 어이하리.

초록빛 소맷자락 부드럽게 드리우고,
풍류 소리 들으면서 백 잔 술을 드소서.
맑은 흥취 다하기 전엔 돌아가지 못하오리,
다시금 새로운 말로 새 노래를 지으소서.

2) 양생에게 하는 말.

구름 같은 고운 머리 티끌이 된 지 몇 해던고,
오늘에야 임을 만나 활짝 한번 웃어 보네.
고당(高唐)의 정사[1]를 신기하다 자랑 마소,
풍류스런 그 사연이 인간에 전해지리.

류씨는 엷게 한 화장과 하얀 옷이 그다지 화려하지는 않았으나 법도가 있어 보였다. 침묵을 지키고 말을 하지 않더니 빙그레 웃으면서 시를 지어 읊었다.

금석 같이 굳은 절개 지켜온 지 몇 해던고,
향그런 넋과 옥 같은 고운 얼굴 구천(九泉)에 깊이 묻혔네.
그윽한 봄밤이면 월궁 항아(姮娥)[2] 벗을 삼아,
계수나무꽃 그늘에 홀로 졸고 있었다오.

우습구나 도리화(桃李花)[3]는 봄바람을 못 이겨서,
이리저리 나부끼다 남의 집에 떨어지네.
한평생 내 절개에 더럽힘이 없을지니,
백옥 같은 나의 마음에 금갈 줄이 있을소냐.

연지도 분도 싫은데다 머리는 다북같네,
경대에는 먼지가 앉고 거울은 녹이 슬었네.

1) 중국 초나라 때 운몽 못 가운데 있던 누대 이름. 이곳에서 초나라 양왕이 꿈에 선녀와 만나 정을 나누었다는 고사가 있음.
2) 달 속에 산다는 선녀의 이름.
3) 양생의 임을 가리킴.

다행히도 오늘 아침엔 이웃집에 잔치가 있으니,
족두리의 붉은 꽃을 보기만 해도 부끄럽네.

아가씨는 이제야 백면(白面) 낭군을 만났으니,
하늘이 정하신 인연 한평생 꽃다우리.
월로(月老)[4]의 붉은 실이 부부를 맺어 주니,
지금부터 두 분의 금실 은실 자별하오리.

아가씨는 류씨가 읊은 마지막 시구의 사연에 감동되어 앞으로 나오면서 말했다.

"나도 또한 자획은 대강 분별할 줄 아는데 어찌 홀로 소감이 없겠습니까?"

그녀는 곧 시를 지어 읊었다.

개녕동 깊은 골에 봄시름을 안고서,
꽃 지고 필 때마다 온갖 근심을 느꼈네.
무산(巫山)[5] 골 구름 속에 고운 임을 여의고는,
상강(湘江)[6] 대숲에서 눈물을 뿌렸었네.
화창한 날 맑은 강에 원앙은 짝을 찾고,
푸른 하늘에 구름 걷히자 비취새가 노니는구나.
님이여, 동심결(同心結)[7]을 우리도 맺어 보세.

---

4) 월하노인(月下老人)의 준말. 남녀의 혼인을 맺어 준다는 신인.
5) 중국 초나라 양왕이 꿈에 선녀를 만나 정을 나누었다는 곳.
6) 중국의 강 이름. 순제의 두 비 아황과 여영은 모두 요제의 딸로서, 순제의 왕비가 되었는데 순제가 죽자 두 왕비도 함께 이 강에 투신해서 죽었다고 함.
7) 양무제의 시에 나오는 말로, 부부 사이에 서로 마음이 변하지 않기를 맹세하기 위해 맺은 실.

가을날 부채처럼 이 몸을 홀대 마소.

양생도 또한 글을 잘하는 사람이어서 그들의 시법(時法)[1]이 깨끗하고 운치가 높으며 음운(音韻)[2]이 맑음을 보고 감탄하여 칭찬하여 마지않았다. 그는 즉석에서 재빨리 시 한 수를 적어 화답했다.

이 밤이 어떤 밤이기에 이처럼 고운 선녀를 만났던가,
꽃 같은 얼굴은 어이 그리도 곱고, 붉은 입술은 앵두 같아라.
문장도 교묘하니 이안(易安)[3]도 마땅히 침묵하리.
직녀가 북 던지고 하늘에서 내려왔는가,
항아가 약방아 버리고 달나라를 떠났는가.
대모(玳瑁)[4]로 꾸민 단장이 자리를 빛내 주니,
오가는 술잔 속에 잔치 자리 흥겨웁네.
운우(雲雨)[5]의 즐거움이 익숙하지 못할망정,
술 따르고 시 읊으니 서로들 유쾌하네.
봉래도(蓬萊島)[6]를 잘못 들어온 게 도리어 기쁘구나.
선계가 여기던가 풍류도(風流徒)를 만났구려.

---

1) 시를 짓는 방법.
2) 언어의 외형을 구성하는 음과 운의 배합.
3) 중국 송나라 때의 여류시인 이청조의 호.
4) 열대 지방에서 사는 바다거북. 이 거북의 등껍질로 여러 가지 장식품을 만듦.
5) 운우지정(雲雨之情)의 준말로, 곧 남녀가 정을 나누는 것을 뜻한다. 초나라 양왕이 무산에서 꿈에 어떤 선녀와 정교했을 때, 그 선녀가 자기는 무산 양지쪽 높은 언덕에 사는데, 매일 아침이면 구름이 되고 저녁에는 비가 된다고 했다는 고사에서 온 말.
6) 봉래산을 말한다. 중국 전설에 나오는 세 신산(神山) 중의 하나.

옥잔의 맑은 술은 술통에 가득 찼고,
용뇌향(龍腦香)의 고운 향기 금향로에 서려 있네.
백옥상 차린 앞에 향가루는 날아오고,
푸른 비단 장막에는 산들바람이 살랑살랑.
이제야 임을 만나 잔치를 열게 되니,
오색 구름 뭉게뭉게 찬란하기 그지없네.
그대는 알지 못하는가 문소(文簫)[7]와 채란(彩鸞)이 만난 얘기와,
장석(張碩)[8]이 난향(蘭香)을 만난 이야기를.
인생이 서로 만나는 것도 반드시 인연이니,
마땅히 술잔 들어 실컷 취해 보세.
아가씨여, 어찌 가벼이 말씀 하시오?
가을 바람에 부채 버린다는 서운한 말을,
이승에서도 저승에서도 배필이 되어,
꽃 피고 달 밝은 아래에서 이별 없이 살아 보세.

잔치가 끝나 다들 작별하게 되자, 아가씨는 은주발 하나를 내어 양생에게 주면서 말했다.

"내일 저희 부모님께서 저를 위해 보련사(寶蓮寺)[9]에서 음식을 베풀게 되어 있습니다. 낭군께서 저를 버리지 않으시겠다면 보련사로 가는 길가에서 기다리고 계시다가 저와 함께 절로 가셔서 저희 부모님께 인사드리는 것이 어떻겠습니까?"

양생이 대답했다.

---

7) 중국 진(晋)나라 때의 서생. 선녀 오채란을 만나 서로 부부가 되었다는 고사가 있음.
8) 중국 한나라 때의 신선. 선녀 두난향과 만나 부부가 되었다는 고사가 있음.
9) 전라남도 남원 서쪽에 있는 보련산 속에 있는 절인 듯함.

"좋습니다."

이튿날 양생은 아가씨가 시킨 대로 은주발을 쥐고 서서 보련사로 가는 길가에서 기다리고 있었다. 이윽고 과연 어떤 귀족 집안에서 딸의 대상(大祥)을 치르기 위해 수레와 말을 길에 늘어 세우고서 보련사를 찾아오는 것이었다. 그때 길가에 한 서생이 은주발을 들고 서 있는 것을 보고, 하인이 주인에게 말했다.

"아가씨 장례 때 무덤 속에 같이 묻었던 물건을 벌써 어떤 사람이 훔쳐서 가지고 있습니다."

주인은 깜짝 놀라며,

"그게 무슨 말이냐?"

"저 서생이 가지고 있는 주발이 그것입니다."

주인은 마침내 양생에게로 다가가 말을 세우고 물어 보았다. 양생은 그 전날 아가씨와 약속한 일을 그대로 일러 주었다. 그녀의 부모는 놀라며 의아스레 여기더니 이윽고 입을 열었다.

"내 슬하에 오직 딸 하나가 있었는데 그 딸이 왜구들의 난리 때 싸움판에서 죽었다네. 미처 장례도 치르지 못하고 개녕사(開寧寺)[1] 옆에다 임시로 묻어 두고는 차일피일 미루어 오다가 오늘까지 이르게 되었네. 오늘이 벌써 대상날이라, 절에서 재나 올려 명복이나 빌어 줄까 해서 가는 길일세. 자네가 그 약속을 지키려거든 내 딸을 기다리고 있다가 같이 오게. 그리고 조금도 놀라지 말게."

말을 마치자 주인은 먼저 보련사로 떠나갔다. 양생은 우두커니 서서 기다렸다. 약속했던 시간이 되자 과연 한 아가씨가 시

---

1) 전라남도 남원에 있는 개량사를 일컫는 듯함.

비(侍婢)를 데리고 허리를 간들거리며 오는데 바로 그 아가씨였다. 그들은 서로 기뻐하면서 손을 잡고 함께 절로 향했다.

그녀는 절 문에 들어서자 부처님께 예배를 드리더니 흰 휘장 안으로 들어가는데, 친척들과 절의 스님들은 모두 그녀를 보지 못했다. 다만 양생의 눈에만 보일 뿐이었다. 아가씨가 양생에게 말했다.

"함께 진지나 드시지요."

양생은 아가씨가 한 말을 그녀의 부모님께 아뢰었다. 부모는 그 말을 시험해 보기 위해 밥을 같이 먹게 하였더니 다만 수저 놀리는 소리만이 들릴 뿐이었으나, 인간이 먹는 것과 조금도 다름이 없었다. 그제야 아가씨의 부모가 놀라 탄식하면서 양생에게 권하여 휘장 옆에서 함께 자도록 했다. 한밤중에 말소리가 낭랑하게 들렸는데, 사람들이 가만히 엿들으려 하면 갑자기 중지되곤 했다. 아가씨가 양생에게 말했다.

"제 행동이 법도를 넘은 것은 저도 잘 알고 있습니다. 저도 어렸을 때 《시경》과 《서경(書經)》[2]을 읽었으므로 예의에 대해서는 조금이나마 알고 있습니다. 《시경》의 건상장(褰裳章)[3] 상서장(相鼠章)[4]이 얼마나 얼굴 붉힐 만한 내용인지 모르는 것도 아닙니다. 그러하오나 다북쑥 우거진 속에 오랫동안 묻혀 있어 들

2) 3경, 또는 5경의 하나. 중국 요순 때로부터 주나라 때까지의 정사에 관한 문서를 공자가 수집하여 편찬한 책.

3) '건상'은 《시경》의 편 이름. 음녀가 그의 애인에게 속삭인 시, 즉 '당신이 나를 사랑해 주신다면 치마를 걷고 진수(溱水)라도 건너가오리만, 만약 나를 조금도 생각하지 않는다면 다른 좋은 남자가 또 없으랴.'

4) '상서'는 《시경》의 편 이름. 사람의 무례함을 비난한 시, 즉 '쥐에게도 가죽이 있는데 사람에게 예의가 없을소냐. 사람에게 예의가 없다면 죽지 않고 무엇하리.'

판에 버림받은 몸이 되고 보니 사랑의 정이 한번 일어나자 끝내 걷잡을 수가 없게 되었던 것입니다. 지난번에 절에 가서 복을 빌고 부처님 앞에서 향불을 피우면서 박명했던 한평생을 혼자서 탄식하였다가, 뜻밖에도 3세의 인연을 만나게 되었으므로, 검소하고 부지런한 아내가 되어 백년의 높은 절개를 바쳐 술을 빚고 옷을 기워 평생 지어미의 길을 닦으려 했습니다만 애닯게도 업보(業報)[1]를 피할 수가 없어 저승으로 떠나야겠습니다. 즐거움을 채 다하지도 못하였는데 슬픈 이별이 닥쳐왔습니다. 저는 이제 떠나야 합니다. 밤이 지나고 날이 새면, 구름과 비[2]는 양대(陽臺)[3]에서 떠나고, 저의 복을 빌러 온 이들과도 다 이곳에서 헤어져야 합니다. 이제 한번 가면 훗날을 기약하기가 어렵습니다. 헤어지려고 하니 정말 슬프고 황급하여 무어라 말씀드려야 할지 모르겠습니다."

사람들이 아가씨의 영혼을 전송하자 울음소리가 끊어지지 않더니, 혼이 문 밖에 이르러서는 다만 은은히 소리만 들려 왔다.

저승길도 기한이 있으니 슬프지만 떠납니다.
우리 임께 비오니 저버리진 마옵소서.
애달파라, 우리 부모 내 배필 못 지었네.
아득한 저승에서 마음에 한이 맺히겠네.

---

1) 전세(前世)의 악업(惡業)으로 인한 인과응보.
2) 무산에서의 양왕과 선녀. 여기서는 아가씨 자신을 가리킴.
3) 중국의 땅 이름. 초나라 양왕이 이곳에서 선녀와 만났다는 고사가 있다. 여기서는 보련사를 가리킴.

남은 소리가 점점 가늘어지면서 목메어 우는 소리와 분별할 수가 없게 되었다. 그녀의 부모는 그제야 모든 것이 사실임을 알고 다시는 의심하지 않았으며, 양생도 또한 그 아가씨가 귀신임을 알고는 더욱 슬픔을 느끼어 그녀의 부모와 함께 머리를 맞대고 울었다. 그녀의 부모가 양생에게 말했다.

"은주발은 자네가 쓰고 싶은 대로 맡기겠네. 그리고 내 딸의 몫으로 밭 몇 마지기와 노비 몇 사람이 있으니 자네는 그것을 신표로 가지고 내 딸을 잊지 말아 주게."

이튿날 양생은 고기와 술을 가지고 개녕동 옛 자취를 찾아갔더니 과연 시체를 임시로 안치한 무덤이 있었다. 양생은 제물을 차려 놓고 슬피 울면서 그 앞에서 지전(紙錢)을 불사르고는 정식 장례를 지냈다. 그리고 제문을 지어 조상하였다.

'오오 임이시여! 당신은 어릴 때부터 천품이 온순하였고 커서는 얼굴이 깨끗하였소. 모습은 서시(西施)[4]와 같았고, 문장은 숙진(淑眞)[5]을 능가하였소. 스스로 규문 밖에는 나가지 않았고, 언제나 가정의 교훈을 고이 받아 왔소. 난리를 겪으면서도 정조를 지켰으나 끝내 왜구의 손에 목숨을 잃었소. 황량한 다북쑥 속에 몸을 의탁한 채, 홀로 지내면서 꽃 피고 달 밝은 밤에는 마음이 아팠겠구려. 봄날에 애끓는 두견새의 울음을 슬퍼하였고 서리 내리는 가을에는 비단 부채의 무용함을 탄식했겠구려. 지난 하룻밤 당신과 만나 정을 나누었더니 유명(幽明)은 비록 서로 달랐으나 물 만난 고기처럼 즐거워하였소. 장차 백년을 같이 해로하려 하였는데, 하룻저녁에 이별이 있을 줄 어찌 알았

4) 춘추 시대 월나라의 미인.
5) 송나라의 여류 시인 주숙진을 일컬음. 자질이 총명하여 시를 잘 지었음.

겠소. 임이시여! 당신은 응당 달나라에서 난새를 타는 선녀가 되고 무산에 비를 내리는 낭자가 되리다. 땅은 어두워서 돌아오기도 어렵고, 하늘은 아득해서 바라보기도 어렵구려. 나는 집에 들어가도 그저 멍멍히 지내고, 밖에 나가도 아득하여 갈 데 없는 몸이 되었소. 영혼 모신 휘장을 대하면 얼굴을 가리어 울게 되고, 좋은 술을 따를 때에는 마음이 더욱 슬퍼진다오. 아리따운 그 모습은 눈에 삼삼하고 낭랑한 그 목소리는 귀에 들리는 듯하오. 아아, 슬프구려. 총명한 당신의 성품, 정밀한 당신의 기상, 몸은 비록 흩어졌을지라도 영혼만은 남아 있을 것이니, 응당 내려와서 뜰에 오르시고 옆에 와서 슬픔을 돌보소서. 비록 저승과 이승은 다를지라도 이 글월에 느낌이 있을 것이외다.'

장례를 지낸 후에도 양생은 슬픔을 이기지 못해 토지와 가옥을 모두 팔아 사흘 저녁이나 연달아 재를 올렸더니, 여인이 공중에 나타나 양생을 부르며 말했다.

"저는 낭군의 은덕을 입어 이미 다른 나라에서 남자의 몸으로 태어나게 되었습니다. 비록 저승과 이승이 막혀 있지만 낭군의 은덕에 깊이 감사의 뜻을 올립니다. 낭군께서도 이제 다시 착한 업을 닦으시어 저와 함께 속세의 누를 벗어나게 하십시오."

양생은 그 후 다시는 장가들지 않고, 지리산에 들어가 약초를 캐면서 살아갔다 하는데, 그가 어디서 세상을 마쳤는지는 아는 이가 없다.

이생규장전(李生窺牆傳)

이생이 담 안의 처녀를 엿보다

송도(松都)[1]에 이생(李生)이란 사람이 낙타교(駱駝橋)[2] 근처에서 살고 있었다. 그의 나이는 열여덟 살이었고, 얼굴이 말쑥하게 잘생겼을 뿐만 아니라 재주가 뛰어나 일찍이 국학(國學)[3]에 다녔는데, 길을 가면서도 글을 읽을 정도로 배움에의 열의가 대단하였다.

선죽리(善竹里)[4] 양갓집에 최씨라는 처녀가 살고 있었는데, 나이는 열대여섯 살쯤 되었다. 맵시가 아리땁고 자수(刺繡)를 잘하며 시부(詩賦)[5]에도 뛰어났다. 세상 사람들이 그들을 이렇게 칭찬했다.

---

1) 지금의 개성.
2) 옛날 개성에 있었던 다리.
3) 개성의 탄현문 안에 있던 성균관을 일컬음.
4) 개성 선죽교 부근의 마을.
5) 시와 부. 부는 감상을 느낀 그대로 적는 한시체의 한 가지.

풍류로워라 이총각, 아리따워라 최처녀,
그 재주와 그 얼굴, 누군들 찬탄하지 않으리.

이생은 일찍부터 책을 옆에 끼고 서당에 갈 때는 언제나 최씨 집 앞을 지나다녔다. 그 집 북쪽 담 밖에는 수십 그루의 수양버들이 운치 있게 둘러싸고 있었다.

이생은 어느 날 나무 밑에서 쉬다가 문득 담 안을 엿보았더니, 이름 있는 온갖 꽃들은 활짝 피어 있고 벌과 새들이 그 사이를 요란하게 날고 있었다. 그 옆에는 작은 누각이 꽃숲 사이로 은은히 보이는데, 구슬로 만든 발은 반쯤 가려 있고 비단 휘장은 나지막하게 드리워져 있었다. 한 아리따운 아가씨가 수를 놓다가 손을 잠시 멈추고 아래턱을 괴더니 시를 읊는다.

사창(紗窓)[1]에 기대 앉아 수놓기도 귀찮구나.
온갖 꽃 떨기 속에 꾀꼬리는 지저귀고,
살랑이는 봄바람을 부질없이 원망하며,
말없이 바늘 멈추고 생각에 잠겨 있네.

저기 가는 저 총각은 어느 집 도련님일까.
푸른 옷깃 넓은 띠가 버들 사이로 비쳐 오네.
이 몸이 화신하여 대청 안의 제비 되면,
주렴을 사뿐 걷어 담장 위를 넘어가리.

1) 깁으로 바른 창.

이생은 그녀가 읊은 시를 듣고는 자기의 재주를 시험하고자 안달이 났다. 그러나 그 집의 담장은 높고 가파르며, 안채가 깊숙한 곳에 있었으므로 다만 서운한 마음으로 서당으로 갔다. 그는 돌아올 때에 흰 종이 한 폭에다 시 세 수를 써서 기와쪽에 매달아 담 안으로 던져 보냈다.

무산(巫山) 열두 봉우리에 첩첩이 쌓인 안개,
반쯤 들어난 봉우리는 붉고도 푸르러라.
양왕의 외로운 꿈을 수고롭게 하지 마오,
구름 되고 비가 되어 양대(陽臺)에서 만나 보세.[2)]

사마상여(司馬相如)[3)] 본받아서 탁문군(卓文君)[4)] 꾀어 내려니,
마음 속에 품은 생각 이미 다 이루어졌네.
붉은 담머리에 피어 있는 요염한 저 도리(桃李)는,
바람에 날려서 어디로 떨어지나.

좋은 인연 되려는지 나쁜 인연 되려는지,
부질없는 이내 시름 하루가 일 년 같아라.
스물여덟 자로 가약(佳約) 이미 맺었으니,

---

2) 무산의 선녀는 아침에는 구름이 되고 저녁에는 비가 된다는 고사에서 나온 말. 양대는 초나라 양왕이 선녀를 만났다는 곳.

3) 중국 전한 때의 문인. 그는 젊었을 때 촉중에 가서 임공(臨邛)을 지나다가 거문고를 타서 과부 탁문군(卓文君)을 꾀어 내어 그녀와 함께 부부가 되어 성도로 돌아와서 살았다고 한다. 사부(詞賦)를 잘 지어 한위육조(漢魏六朝) 문인의 모범이 되었음.

4) 한나라 때 임공 사람. 부잣집 딸인 과부로 음악을 좋아했다고 함.

남교(藍橋)[1]에서 어느 날 신선을 만나려나.

최처녀는 시비 향아를 시켜 주워 보니 이생이 보낸 시였다.

최처녀는 그 시를 읽고 또 읽은 후 마음 속으로 기뻐하면서 자기도 종이쪽지에 짤막한 글귀를 적어서 담장 밖으로 던져 주었다.

'도련님은 의심치 마십시오. 황혼에 뵙기로 합시다.'

이생은 그 말대로 황혼이 되자, 최처녀의 집에 찾아갔다. 그런데 갑자기 복숭아 꽃나무 한 가지가 담 밖으로 휘어져 넘어오면서 하늘거리는 그림자가 나타났다.

이생이 가까이 가서 살펴보니 그넷줄에 매달린 대광주리가 아래로 드리워져 있었다. 이생은 그 줄을 잡고 담을 넘어갔다.

때마침 달이 동산에 떠오르고 꽃 그림자가 땅에 깔려 맑은 향기가 사랑스러웠다.

이생은 자기가 신선세계에 들어오지나 않았나 하는 생각이 들어서 마음은 은근히 기뻤으나 몰래 숨어들고 보니 모발이 곤두섰다.

그가 좌우를 살펴보니 최처녀는 벌써 꽃떨기 속에서 시녀 향아와 함께 꽃을 꺾어 머리에 꽂고는 구석진 곳에 자리를 펴고 앉아 있었다. 그녀는 이생을 보자 방긋 웃으며 시 두 구절을 먼저 읊었다.

도리나무[2] 얽힌 가지 꽃송이 탐스럽고,

---

1) 중국의 땅 이름. 배항이 이곳에서 운영을 만났다고 함.

2) 복숭아와 오얏. 여기서는 최처녀와 이생을 가리킴.

원앙새 베개[3] 위엔 달빛도 곱구나.

이생도 곧 뒤를 이어서 시를 읊었다.

이 다음 어쩌다가 봄소식[4]이 새나간다면
무정한 비바람[5]에 모두 가련해지리라.

최처녀는 곧 얼굴빛이 변하면서 말했다.
"도련님, 저는 애당초 도련님을 끝까지 남편으로 모시고 오래도록 즐겁게 지내려 마음먹고 있었습니다. 그런데 도련님께서는 어찌 그런 말씀을 하십니까? 저는 비록 여자의 몸이오나 조금도 걱정함이 없는데 대장부의 의기를 가지고서 어찌 그런 말씀을 하십니까? 뒷날에 규중(閨中)[6]의 일이 누설되어 부모님께 꾸지람을 듣게 되더라도 저 혼자 책임을 지겠습니다."
말을 마친 후, 그녀는 향아를 시켜 방에 들어가서 술과 과일을 가져오게 하였다. 향아가 물러가자 사방이 적막하여 아무런 인기척도 없었다. 이생이 물었다.
"이곳은 어떤 곳입니까?"
최처녀가 말했다.
"이곳은 뒷동산에 있는 작은 누각 밑입니다. 저희 부모님께서는 제가 무남독녀이므로 여간 사랑하지 않습니다. 그래서 따

3) 부부의 동침. 여기서는 이생과 최처녀를 가리킴.
4) 이생과 최처녀와의 사랑을 가리킴.
5) 부모들의 노여움을 비유한 말.
6) 부녀자들이 거처하는 방.

로 이 연못가에 누각을 지으시고 봄이 되어 이름난 꽃들이 활짝 피면 시비와 함께 즐겁게 놀도록 해주신 것입니다. 부모님께서는 여기서 떨어진 깊숙한 곳에 계시기 때문에 비록 웃으며 큰소리로 얘기해도 쉽게 들리지 않습니다."

처녀는 술 한 잔을 따라 이생에게 권하면서 고풍(古風)으로 시 한 편을 읊었다.

부용못 푸른 물을 난간에서 굽어보고,
못가 꽃밭에서 정든 임들 속삭이네.
안개는 부슬부슬 봄빛은 화창한데,
새 가사를 지어 내어 백저가(白紵歌)[1]를 불러 보세.
꽃 그늘엔 달빛이 비쳐 털방석에 스며들고,
긴 가지 잡아 보니 붉은 꽃비가 쏟아지네.
바람 속의 저 향기는 옷 속에 스미는데,
첫봄 맞은 저 여인은 흥겹게 춤만 추네.
비단 적삼 가볍게 해당화를 스쳤다가,
꽃 사이에 졸고 있던 앵무새[2]만 깨웠네.

이생도 곧 시를 지어 화답했다.

잘못 찾은 선경에는 복숭아꽃 만발한데,
많고 많은 이 내 정회 어찌 다 속삭일꼬.
구름 같이 쪽찐 머리에 금비녀 낮게 꽂고,

1) 악부의 이름.
2) 이생을 가리킴.

시원한 모시 적삼 새로 지어 입었어라.
나란히 달린 꽃꼭지를 봄바람이 피워주니,
저 많은 꽃가지에 비바람 부지 마오.
나부끼는 선녀 소매 땅 위에 살랑살랑,
계수나무 그늘 속엔 항아 아씨 춤을 추네.
좋은 일엔 언제나 시름이 따르나니,
함부로 새 곡조를 지어 앵무새에게 가르치랴.

이생이 읊기를 마치자 최처녀가 말했다.

"오늘 일은 결코 작은 인연이 아닙니다. 도련님은 저를 따라 오셔서 두터운 정의를 맺는 것이 좋겠습니다."

말을 마치고 그녀가 북쪽 창문으로 들어가자 이생도 뒤를 따랐다. 누각에 걸쳐진 사닥다리를 타고 올라가니 다락이 나타났다. 그곳은 서재였다. 문방구와 책상은 매우 말끔하였으며, 한쪽 벽에는 안개 낀 강 위에 첩첩이 싸인 산봉우리를 그린 그림 한 폭과 우거진 대와 묵은 나무를 그린 그림 한 폭이 걸려 있는데, 모두 유명한 그림들이었다.

그림 위에는 시를 써 놓았는데, 그것은 누가 지은 것인지 알 수 없었다. 첫째 그림에 쓰인 시는 이러했다.

어떤 사람의 붓 끝에 힘이 넘쳐,
이 강 위의 첩첩 산을 알뜰히도 그렸는가.
웅장하다 3만 길의 저 방호산(方壺山)[3],

---

3) 삼신산(三神山)의 하나로, 신선이 산다는 산의 이름.

아득한 구름 속에 봉우리 반만 드러났네.
멀고 먼 산세(山勢)는 몇백 리에 서려 있고,
눈앞에 솟은 모양 꼬불머리 비슷하네.
망망한 푸른 물결 먼 하늘에 닿았는데,
저문 날 바라보니 고향 생각 그지없네.
그림을 보고 보니 내 심정 쓸쓸하네,
상강(湘江)[1] 비바람에 배 띄운 듯하여라.

둘째 그림에 쓰인 시는 이러했다.

쓸쓸한 대숲에는 가을 소리 들리는 듯,
기괴한 고목은 옛정을 품은 듯하여라.
구부러진 대뿌리엔 이끼 담뿍 끼어 있고,
앙상한 저 나무는 바람과 천둥을 이겨 왔네.
가슴 속에 간직한 조화가 끝이 없으니,
기묘한 이 경지를 누구에게 말해 보랴.
솜씨 높은 위은(韋偃)[2] 여가(與可)[3]도 이미 세상을 떠났으니,
심오한 조화 작용 알아낼 이 몇이런가.
갠 창가 그윽한 곳에서 말없이 마주보니,
신기하고 묘한 필법에 삼매경(三昧境)[4]에 들었어라.

1) 여기서는 굴원(屈原)이 죽은 상강의 상류.
2) 당나라 때의 화가. 산수 · 인물 · 대나무를 잘 그렸음.
3) 송나라 때의 화가 문동(文同)의 자. 대나무와 산수를 잘 그렸음.
4) 하나의 대상에만 마음을 집중시키는 일심불란(一心不亂)의 경지.

한쪽 벽에는 사철의 경치를 읊은 시를 각각 네 수씩 붙여 놓았는데, 그것도 역시 어떤 이가 지었는지 알 수 없었다. 글씨는 조맹부(趙孟頫)[5]의 서체를 본받아서 자체(字體)가 뛰어나게 아름다웠다. 그 첫째 폭에 쓰인 시는 이러했다.

부용장(芙蓉帳)[6]은 깊은 향기 은은히 나부끼고,
창 밖의 살구꽃은 비 내리듯 지는구나.
새벽 종소리에 남은 꿈 깨고 보니,
신이화(辛夷花)[7] 무성한 둑엔 백설조(百舌鳥)[8]만 울고 있네.

제비는 쌍을 짓고 골방엔 해도 긴데,
귀찮은 듯 말도 없이 바느질을 멈추었네.
아리따운 저 꽃 속에 짝찌어 나는 나비,
그늘진 동산에서 지는 꽃을 따라가네.

선들바람이 살랑살랑 초록 치마 스쳐가면,
부질없는 봄바람에 이 내 간장 끊어지네.
말없는 이 심정을 뉘라서 알아줄까,
온갖 꽃떨기 속에 원앙새만 춤추는구나.

무르익은 봄빛은 천지에 가득차고,

---

5) 중국 원나라 초기의 문인 · 명필가. 서화 · 시문을 잘했으며, 글씨는 진당(晋唐)의 종(宗)으로 하고, 그림은 원나라 때의 4대가로 꼽힘.

6) 연꽃을 그린 방장.

7) 신이는 목련과에 속하는 낙엽 교목.

8) 때까치.

진홍빛 연둣빛이 사창에 비치누나.
뜰 안의 방초들은 봄시름에 겨웠는데,
주렴을 가볍게 걷고 지는 꽃을 지켜보네.

그 다음 폭에는 이러했다.

밀보리 처음 베고 어린 제비 펄펄 날 제,
남녘 뜰엔 석류꽃이 여기저기 피었구나.
들창가에 홀로 앉아 길쌈하는 아가씨는,
붉은 비단 잘라 내어 새치마를 짓고 있네.

매실이 익는 철에 가는 비 뿌리는데,
홰나무 그늘에 꾀꼬리 울고 제비는 주렴으로 날아드네.
또 한 해의 봄 풍경이 시들어가니,
나리꽃 떨어지고 새 죽순만 싹트누나.

푸른 살구 손에 집어 꾀꼬리나 때려 볼까,
남쪽 난간에 바람 일고 해 그림자 더디구나.
연잎엔 향내 지고 못물만 가득한데,
푸른 물결 깊은 곳에 노자(鸕鷀)[1]새가 목욕하네.

등나무 평상 대자리에 비단처럼 이는 물결,
소상강 그린 병풍엔 한 점의 구름일 뿐.

1) 가마우지과에 속하는 물새의 이름.

고달픔에 못 견디어 낮잠을 설깨우니,
창가에 비낀 햇살이 뉘엿뉘엿 지는구나.

그 다음 셋째 폭에는 이러했다.

가을 바람 쌀쌀하여 찬 이슬 맺히고,
달빛은 교교한데 물결은 푸르구나.
끼럭끼럭 기러기 울며 돌아갈 제,
우수수 떨어지는 오동잎 소리.

평상 밑에서는 온갖 벌레들이 처량하게 울고,
평상 위에서는 아가씨가 구슬 눈물을 떨어뜨리네.
머나먼 싸움터에 몸을 바친 임에게도,
오늘 밤 옥문관(玉門關)[2]에 저 달빛 비치리라.

새 옷을 마르려니 가위조차 차가웁네,
나직이 아이 불러 다리미를 가져오라네.
불 꺼진 다리민 줄 전혀 미처 몰랐네.
현악기 퉁기면서 다시금 머리 긁네.

작은 연못에 연꽃도 지고 파초잎도 누래지자,
원앙 그린 기와 위에 첫 서리가 내렸네.
묵은 시름 새 원한을 막을 길이 없는데,

2) 중국 옛 관문의 이름. 감숙성 돈황 서쪽에 있던, 서역으로 통하던 관문.

하물며 골방 속에 귀뚜라미 우는구나.

그 다음 넷째 폭에는 이러했다.

한 가지 매화 그림자가 창문에 걸리었네,
바람 센 서쪽 행랑에 달빛 더욱 교교하네.
화롯불 꺼졌는가 부저로 헤쳐 보고,
뒤따라 아이 불러 차 솥을 바꾸라 하네.

밤 서리에 놀란 잎이 우수수 흔들리고,
돌개바람 눈을 몰아 긴 마루로 들어올 제.
부질없는 상사몽(相思夢)[1]에 하룻밤을 뒤척이니,
그 옛날 전쟁터인 빙하(氷河)[2]에서 헤매네.

창에 비친 붉은 해는 봄날처럼 따뜻한데,
시름에 잠긴 눈썹 졸음마저 뒤따르네.
병에 꽂힌 작은 매화 봉오리는 반만 피고,
수줍은 채 말도 없이 원앙새만 수놓는구나.

쌀쌀한 서릿바람 북쪽 숲을 스치는데,
처량한 찬 까마귀 달밤에 울고 가네.
등불 앞에 임생각 눈물 되어 흐르니,
실에도 떨어지고 바늘에도 떨어지네.

---

1) 이성간에 서로 사랑하고 사모하여 꾸는 꿈.
2) 추운 북쪽의 사막.

한쪽에 따로 작은 방 하나가 있는데 휘장 · 요 · 이불 · 베개 등이 또한 매우 정결하였고, 휘장 밖에는 사향을 태우고 난향의 촛불을 켜 놓았는데, 환하게 밝아서 마치 대낮과 같았다. 이생은 처녀와 더불어 즐거움을 마음껏 누리면서 여러 날을 머물렀다. 어느 날 이생이 최처녀에게 말했다.

"옛 성인의 말씀에 '어버이의 슬하에 있는 몸은 집을 나갈 때는 반드시 가는 곳을 알려두어야 한다'고 하였는데 내가 집을 나온 지 벌써 사흘이나 되었습니다. 부모님께서는 반드시 마을 입구에 나와서 기다릴 것이니 어찌 자식의 도리라고 하겠습니까?"

최처녀는 서운하게 여기면서도 이를 옳게 여겨 승낙하고는 담을 넘어 보내 주었다. 이생은 그 후 저녁이면 최처녀를 찾지 않은 날이 없었다.

어느 날 저녁에 이생의 아버지가 그를 꾸짖으면서 말했다.

"네가 아침에 집을 나갔다가 저녁에 돌아오는 것은 옛 성현의 어질고 의로운 가르침을 배우기 위함인데 요사이는 황혼에 집을 나가서 새벽에 돌아오니 어찌된 까닭이냐? 틀림없이 경박한 놈의 행실을 배워서 남의 집 담장을 넘어 가서 처녀나 엿보고 다니는 것이겠지? 이런 일이 만일 탄로나면 사람들은 모두 내가 자식을 잘못 가르쳤다고 책망할 것이요, 또 그 처녀도 지체 높은 가문의 딸이라면 반드시 네 행동 때문에 그의 가문이 누를 입게 될 것이니, 이는 작은 일이 아니다. 너는 한시바삐 영남으로 내려가서 노복들의 농사 감독이나 해라. 그리고 다시는 돌아올 생각은 하지 말아라."

아버지는 이튿날 아들을 울주(蔚州)로 내려보냈다.

최처녀는 저녁마다 화원에 나와서 이생을 기다렸으나 여러 달이 지나도 돌아오지 않았다. 그녀는 이생이 병이 나지나 않았나 염려되어 향아를 시켜 몰래 이웃 사람에게 물어 보게 하였더니, 이웃 사람들은 이렇게 말하였다.

"이도령은 아버지께 죄를 얻어 영남으로 내려간 지가 벌써 여러 달이 되었네."

최처녀는 이 소식을 듣고 너무나 상심하여 병이 나서 침상에 누웠다. 그녀는 엎치락뒤치락하며 일어나지 못하고, 음식도 먹지 못하였으며, 말도 두서가 없고 얼굴이 초췌해졌다. 최처녀의 부모가 이를 이상히 여겨 병의 증상을 물어 보았으나 묵묵히 말이 없었다. 그들은 딸의 상자 속을 들추어 보았다. 거기에는 딸이 지난날에 이생과 서로 주고 받은 시(詩)가 들어 있었다. 최처녀의 부모는 그제야 놀라서 무릎을 치며 말했다.

"아이구, 까딱 잘못했으면 내 귀한 딸을 잃을 뻔하였구나."

그들은 딸에게 물었다.

"이생이 대체 누구냐?"

일이 이 지경에 이르게 되니, 최처녀는 더 이상 숨길 수 없었으므로 목구멍에서 간신히 나오는 목소리로 부모님께 사뢰었다.

"아버님과 어머님께서 고이 길러 주신 은혜가 깊사온데 어찌 감히 사실을 숨기겠습니까? 가만히 생각하옵건대 남녀가 서로 사랑을 느끼는 것은 인간의 정리(情理)로서 가장 중대한 일입니다. 그러므로 혼기를 늦추어서는 안 된다는 것은 《시경(詩經)》의 〈주남(周南)〉 편에도 나타나고, 여자가 정조를 지키지 못하면 흉하다는 것은 《역경(易經)》에서도 경계하였습니다. 저는 버들 같은 연약한 몸으로 얼굴빛이 시드는 것은 생각하지 않고서 절개를 지키지 못하여 옆 사람들에게 비웃음을 받게 되었습니다. 새삼 덩굴이 다른 나무에 의지해서 살 듯이 벌써 위당(渭塘)[1]의 처녀 행세를 하게 되었으니, 죄가 이미 가득 차 가문에까지 누를 끼치게 되었습니다. 그러나 저 아름다운 도련님과 정을 통한 후부터는 도련님께 대한 원망이 첩첩이 쌓이게 되었습니다. 저의 연약한 몸으로 괴로움을 참으며 홀로 살아가려니, 사모하는 정은 날로 깊어 가고 아픈 상처는 날로 더해 가서 죽을 지경에 이르렀습니다. 이제는 원한 맺힌 귀신으로 화해 버릴 것 같습니다. 부모님께서 제 소원을 들어 주신다면 남은 생명이나 보전되겠습니다만, 만약 저의 이 간곡한 청을 거절하신다면 죽음만이 있을 뿐입니다. 이생과 저승에서 다시 만나 노닐지언정 절대로 다른 가문에는 시집가지 않겠습니다."

그러자 그녀의 부모도 이미 그 딸의 뜻을 알았으므로 다시는 병의 증세를 묻지 않고, 타이르고 달래 주고 하여 그녀의 마음을 누그러뜨려 주었다.

그리고는 매자(媒者)[2]를 사이에 넣어 예를 갖추어 이생의 집으로 보냈다. 이생의 아버지는 최씨의 집안에 대해서 묻고 난 뒤 이렇게 말하였다.

"저의 집 아이가 비록 어린 나이에 바람이 났지만, 학문에 정통하고 풍채도 현인답게 생겼소. 앞으로 장원급제할 것이며, 훗날 이름을 세상에 떨칠 것이니, 그의 배필을 서둘러 구할 생각

1) 중국 원나라 때의 금릉 사람으로, 왕생이 위당에 가서 그곳의 처녀와 서로 눈이 맞아 마침내 부부가 되었다고 함.

2) 총각과 처녀를 중매하는 사람.

이 없소."

매자가 돌아가서 사실대로 전하니 처녀의 아버지는 다시 매자를 이씨 집에 보내어 말하게 하였다.

"송도에 사는 친구들이 모두 그 댁의 영식(令息)[1]은 재주가 남달리 뛰어나다고 칭찬하고 있습니다. 지금은 아직 과거를 보지 않고 있습니다만 어찌 끝까지 초야에 묻혀만 있을 인물이겠습니까? 제 여식도 과히 남에게 뒤지지 않사오니 그들의 혼인을 이루어 주심이 어떠하겠습니까?"

매자는 다시 이생의 아버지를 찾아가서 그대로 전하였더니, 이생의 아버지가 말했다.

"나도 젊어서부터 책을 들고 학문을 닦았으나 나이 늙도록 성공을 하지 못하였습니다. 그러니 노복들은 뿔뿔이 흩어져 가고 친척들의 도움도 적어, 생업이 신통치 않고 살림도 궁색해졌습니다. 그런데 어찌 권세 있는 가문에서 빈한한 선비의 자제를 사위로 삼으려 하겠습니까? 이는 반드시 호사가들이 우리 가문을 지나치게 칭찬해서 규수댁을 속이려는 것입니다."

매자는 돌아와서 또 최씨 집안에 전하자, 최씨 집에서는 이렇게 말했다.

"예물 드리는 모든 절차와 의장은 저희 집에서 다 처리할 것이니, 좋은 날을 가려 화촉의 시기만 정해 주시면 좋겠습니다."

매자는 또 돌아가서 이 말을 전하였다. 이씨 집에서도 이렇게까지 되자 마침내 뜻을 돌려서 곧 사람을 보내어 이생을 불러다 그의 의사를 물었다. 이생은 스스로 기쁨을 이기지 못하여 시를

1) 남의 아들에 대한 경칭.

지어 읊었다.

깨진 거울[2]이 합쳐지니 이것 또한 인연이네,
은하의 오작(烏鵲)[3]들도 이 기약을 도와 주었네.
이제야 월하노인이 붉은 실 맺어 주니,
봄바람 부는 저녁 두견새 원망 마오.

최처녀는 이생이 이 같은 시를 지었다는 소식을 듣고는 병이 차차 나아져 그녀도 시를 지어 읊었다.

나쁜 인연이 바로 좋은 인연 되었으니,
그 옛날 굳은 맹세 마침내 이뤄졌네.
어느 때나 임과 함께 작은 수레[4]를 끌고 갈까?
아이야, 날 일으켜 다오, 꽃비녀를 손질하련다.

이에 길일(吉日)을 택해서 마침내 혼례를 이루니, 끊어졌던 사랑이 다시 이어지게 되었다. 그들은 부부가 된 이후에 서로 사랑하면서도 공경하여 마치 손님과 같이 대하니, 그 옛날의 양홍(梁鴻)·맹광(孟光)[5]과 포선(鮑宣)·환소군(桓少君)[6]의 부부일

---

2) 파경이라 하여 곧 부부의 이별을 뜻함.
3) 까마귀와 까치.
4) 자기네들의 살림 도구를 실은 수레.
5) 후한 때의 사람으로, 맹광은 양홍의 아내.
6) 전한 때의 사람. 포선이 일찍이 환소군의 아버지에게 배웠더니, 포선이 청빈을 견디는 지조를 칭찬하여 그를 사위로 맞이했다. 그런데 소군이 시집올 때에 가지고 오는 물품이 너무 많았으므로 포선이 이를 거절하자 소군도 그의 뜻을 받들어 물품을 모두 돌려보내고 검소한 행장으로 시가에 가서 부녀자의 도리를 잘 지켰다는 고사가 있음.

지라도 그들의 절개와 의리를 따를 수 없었다. 이생이 이듬해에 대과(大科)에 합격하여 높은 벼슬에 오르니 그의 명성이 조정에 알려졌다.

신축년(辛丑年)[1]에 홍건적(紅巾賊)[2]이 서울을 점령하매 임금은 복주(福州)[3]로 피난갔다. 적들은 집을 불태우고 사람을 죽이고 가축을 잡아먹으니, 부부와 친척끼리도 능히 서로 보호하지 못하고 동서로 달아나 숨어서 제각기 살길을 찾았다.

이생은 가족을 데리고 궁벽한 산골로 숨었는데 한 도적이 칼을 빼어들고 쫓아왔다. 이생은 겨우 달아났는데 부인은 도적에게 사로잡힌 몸이 되었다. 도적은 부인의 정조를 겁탈하고자 하였으나 부인이 크게 꾸짖었다.

"이 호랑이 창귀 같은 놈아! 나를 죽여 씹어먹어라. 내 차라리 죽어서 승냥이와 이리의 밥이 될지언정 어찌 개돼지 같은 놈의 짝이 되어 내 정조를 더럽히겠느냐?"

도적이 노하여 부인을 죽이고 살을 도려 내었다.

한편 이생은 황폐한 들에 숨어서 목숨을 보전하다가 도적의 무리가 떠났다는 소식을 듣고 부모님이 살던 옛집을 찾아갔다. 그러나 집은 이미 병화(兵火)에 다 타버리고 없었다. 다시 아내의 집에 가 보니 행랑채는 황량했으며 집 안에는 쥐들이 우굴거리고 새들만 지저귈 뿐이었다. 그는 슬픔을 이기지 못해 작은 누각에 올라가서 눈물을 거두고 길게 한숨을 쉬었다. 날이 저물

1) 고려 공민왕 10(1361)년에 해당됨. 이 해에 홍건적의 난이 있었음.
2) 붉은 수건으로 머리를 싸매어 표지를 한 도적의 무리. 중국 원나라 말기에 화북에서 일어나, 고려 공민왕 때 홍건적 10만 명이 압록강을 건너 우리나라를 침범했음.
3) 지금의 경상북도 안동군의 옛 이름.

도록 우두커니 홀로 앉아서 지난날의 즐겁던 일들을 생각해 보니, 완연히 한바탕 꿈만 같았다.

이경(二更)[4]쯤 희미한 달빛이 들보를 비춰 주는데, 낭하에서 발자국 소리가 들려 왔다. 그 소리는 먼 데서 차차 가까이 다가왔다. 이르고 보니 사랑하는 아내가 거기 있었다. 이생은 비록 그녀가 이미 죽은 것을 알고 있었지만, 너무도 사랑하는 마음에 의심도 하지 않고 물었다.

"부인은 어디로 피난 가서 목숨을 보전하였소?"

여인은 이생의 손을 잡고 한바탕 통곡하더니 곧 사정을 얘기했다.

"저는 본디 양가의 딸로서 어릴 때부터 가정의 교훈을 받아 자수와 바느질에 힘썼고, 시서(詩書)와 예법을 배워 왔습니다. 그러니 다만 규중의 법도만 알뿐이지 그 밖의 일이야 어찌 알겠습니까? 언젠가 낭군께서 붉은 살구꽃이 피어 있는 담 안을 엿보게 되자, 저는 스스로 몸을 바쳤으며, 꽃 앞에서 한번 웃고 난 후 평생의 가약을 맺었고, 휘장 속에서 다시 만났을 때는 정이 백년을 넘쳤습니다. 여기까지 말하고 보니 슬픔과 부끄러움을 차마 견딜 수가 없습니다. 장차 백년을 함께 하려 했는데 뜻밖에 횡액을 만나 구렁에 넘어질 줄 어찌 알았겠습니까? 이리 같은 놈들에게 끝까지 정조를 잃지는 않았습니다만, 스스로 몸뚱이를 진흙탕에서 찢김을 당하고 말았습니다. 진실로 천성이 그렇게 만든 것이지 인정으로는 차마 할 수 없는 일이었습니다. 저는 낭군과 궁벽한 산골에서 헤어진 후에 짝 잃은 새가 되고

4) 밤 9시부터 11시까지.

말았던 것입니다. 집도 없어지고 부모님도 잃었으니 피곤한 혼백을 의지할 곳 없음이 한스러웠습니다. 의리는 중하고 목숨은 가벼우므로 쇠잔한 몸뚱이일망정 치욕을 면한 것을 다행스럽게 여겼습니다. 누가 산산조각 난 제 마음을 불쌍히 여겨 주겠습니까? 다만 애끓는 썩은 창자에만 맺혀 있을 뿐입니다. 해골은 들판에 던져졌고 몸뚱이는 땅바닥에 버려지고 말았으니, 생각하면 그 옛날의 즐거움은 오늘의 이 비운을 위해 마련된 것이 아니었던가 싶습니다. 이제 봄바람이 깊은 골짜기에 불어와서 제 환신(幻身)이 이승으로 돌아왔습니다. 낭군과 저와는 봉래산 12년의 약속이 얽혀 있고 3세(三世)의 향이 그리우니, 오랫동안 뵙지 못한 정을 이제 되살려서 결코 옛날의 맹세를 저버리지 않겠습니다. 낭군께서 지금도 그 맹세를 잊지 않으셨다면 저도 끝까지 고이 모실까 합니다. 낭군께서도 허락해 주시겠지요?"

이생은 기쁘고 또 고마워하며 말했다.

"그것은 본디 내 소원이오."

그리고는 서로 정답게 심정을 털어 놓았다. 이윽고 가산(家産)을 도적들에게 얼마나 빼앗겼는지 이야기가 나오자, 여인이 말했다.

"조금도 잃지 않고 어느 산골짜기에 묻어 두었습니다."

"우리 두 집 부모님의 해골은 어디에 모셨소?"

여인이 말했다.

"하는 수 없이 어떤 곳에 그냥 버려 두었습니다."

서로 쌓였던 이야기가 끝나고 잠자리를 같이 하니 지극한 즐거움은 옛날과 같았다.

이튿날 여인은 이생과 함께 자기가 묻혀 있던 곳을 찾아가니,

과연 거기에는 금 · 은 몇 덩어리와 재물 약간이 있었다. 그들은 두 집 부모님의 해골을 거두고 금은과 재물을 팔아서 각각 오관산(五冠山)[1] 기슭에 합장하고는 나무를 세우고 제사를 드려 모든 예절을 다 마쳤다.

그 후 이생은 벼슬을 구하지 않고 아내와 함께 살게 되니, 피난 갔던 노복들도 또한 스스로 돌아왔다. 이생은 이때부터 인간의 모든 일을 다 잊어버렸으며, 친척과 귀한 손님의 길흉사(吉凶事)가 있더라도 방문을 닫아 걸고 나가지 않았다. 늘 아내와 함께 시를 지어 주고받으며 금슬 좋게 세월을 보냈다.

그럭저럭 몇 해가 지난 어느 날 저녁에 여인이 이생에게 말했다.

"세 번이나 가약을 맺었지만 세상 일이 뜻대로 되지 않아, 즐거움도 다하기 전에 슬픈 이별이 갑자기 닥쳐왔습니다."

하고 마침내 목메어 울었다. 이생은 깜짝 놀라면서 물었다.

"무슨 까닭으로 그런 말씀을 하시오?"

여인이 대답했다.

"저승길은 피할 수가 없습니다. 하느님께서 저와 낭군의 연분이 끊어지지 않았고, 또 전생에 아무런 죄도 없었으므로 이 몸을 환생시켜 잠시 낭군을 뵈어 시름을 풀게 해 주었던 것입니다. 그러나 제가 오랫동안 인간 세상에 머물러 있으면서 산 사람을 미혹시킬 수는 없습니다."

하더니 시비 향아에게 명하여 술을 올리게 하고는, 옥루춘곡(玉樓春曲)[2]에 맞추어 노래를 지어 부르며 이생에게 술을 권하였다.

---

1) 경기도 장단 서쪽에 있는 산.

2) 곡조 이름.

칼과 창이 어우러져 처참한 싸움터에,
옥 부서지고 꽃 떨어지니 원앙도 짝을 잃었네.
여기저기 흩어진 해골을 그 누가 묻어 주랴,
피투성이 그 유혼(遊魂)은 하소연도 할 곳 없네.
무산의 선녀가 고당(高唐)에 한 번 내려온 뒤에,
깨진 거울이 거듭 갈라지니 마음 더욱 쓰라리네.
이제 한번 작별하면 둘이 모두 아득한데
저승과 이승 사이에 소식조차 막히리라.

노래 한 가락씩 부를 때마다 눈물에 목이 메어 거의 곡조를 이루지 못하였다. 이생도 또한 슬픔을 걷잡지 못하며 말했다.

"나도 차라리 부인과 함께 황천으로 갔으면 하오. 어찌 무료히 홀로 여생을 보내겠소. 지난번에 난리를 겪고 난 뒤에 친척과 노복들이 각각 서로 흩어지고 돌아가신 부모님의 해골이 들판에 버려져 있을 때 부인이 아니었더라면 누가 능히 장사를 지내 주었겠소? 옛 사람의 말씀에 '부모님이 살아 계실 때에는 예로써 섬기고 돌아가신 후에도 예로써 장사지내야 한다' 하였는데 이런 일을 모두 부인이 실천하였소. 부인은 정말 천성이 순효(純孝)하고 인정이 두터운 사람이오. 나는 감격해 마지않았으며 스스로 부끄러움을 견디지 못하겠소. 부인도 인간 세상에서 오래 살다가 백년 후에 함께 세상을 떠나는 것이 어떻겠소?"

여인이 대답했다.

"낭군의 수명은 아직 남아 있으나 저는 이미 저승의 명부(冥府)에 이름이 실려 있으니 더 오래 머물러 있을 수가 없습니다.

만약 제가 굳이 인간 세상을 그리워해서 미련을 가진다면 명부의 법도에 위반됩니다. 그렇게 되면 죄가 저에게만 미치는 것이 아니라 낭군님에게도 또한 누가 미칠 것입니다. 다만 저의 유골이 아직 그곳에 흩어져 있으니 만약 은혜를 베풀어 주시겠다면 유골을 거두어 비바람을 맞지 않게 해주십시오."

두 사람은 서로 바라보며 눈물만 흘렸다

"낭군님, 부디 안녕히 계십시오."

말을 마치자 점점 사라지더니 마침내 종적을 감추었다. 이생은 아내가 말한 대로 그녀의 유골을 거두어 부모의 무덤 곁에 장사를 지내 주었다.

그 후 이생 또한 아내를 지극히 생각한 나머지 병이 나서 몇 달 만에 세상을 떠났다.

이 이야기를 들은 사람들은 모두 슬퍼하고 탄식하면서 그들의 절개를 사모하지 않는 사람이 없었다.

취유부벽정기(醉遊浮碧亭記)

홍생(洪生)이 부벽정에서 취하여 놀다

평양은 옛 조선의 서울이었다. 주(周)나라의 무왕(武王)이 은(殷)나라를 정복하고 난 뒤에 기자(箕子)를 찾아갔을 때, 무왕이 정치하는 법을 물으니, 그는 천하를 다스리는 아홉 가지 법을 일러 주었다. 이에 무왕은 기자를 조선 왕에 봉하였지만 신하로 삼지는 않았다.

이곳의 명승지로는, 금수산(金繡山)[1] · 봉황대(鳳凰臺)[2] · 능라도(綾羅島)[3] · 기린굴(麒麟窟)[4] · 조천석(朝天石)[5] · 추남허(楸南

---

1) 평양 북쪽에 있는 진산(鎭山).
2) 평양 서남쪽에 있는 대(臺).
3) 평양 동북쪽에 있는 섬. 둘레가 12리나 된다고 함.
4) 부벽루 아래에 있는 굴. 고구려 동명왕이 기린마를 타고 이 굴에 들어갔다가 땅 속으로 해서 조천석으로 나와 하늘로 날아갔다는데, 지금도 그 말굽의 자취가 돌 위에 새겨져 있다는 전설이 있음.
5) 돌 이름. 기린굴의 남쪽에 있음.
6) 터 이름. 어느 곳인지 확실하지 않음.

墟)[6] 등이 있는데 이것이 모두 고적이며 영명사(永明寺)[7]의 부벽정(浮碧亭)[8]도 그 고적 중의 하나이다.

영명사는 곧 고구려 동명왕의 구제궁(九梯宮)[9] 터이다. 이 절은 평양성 밖 동북쪽 20리쯤 되는 곳에 있는데, 긴 강을 굽어보고 평원을 멀리 바라보며 아득하기 그지없으니, 참으로 경치가 좋은 곳이다.

유람선(遊覽船)과 상선(商船) 들이 저녁 때 대동문 밖 버들숲이 우거진 물가에 정박하게 되면, 사람들은 으레 강물을 따라 올라와서 이곳을 마음대로 구경하며 마음껏 즐기다가 돌아가곤 했다.

부벽정 남쪽에는 돌을 깎아 만든 사다리가 있다. 왼편은 청운제(青雲梯)라 하고, 오른편은 백운제(白雲梯)라고 돌에 글자를 새기고 화주(華柱)[10]를 세워 놓았으므로 호사가들의 구경거리가 되어 있다.

천순(天順)[11] 초년에 송경(松京)[12]에 홍생이라는 부호가 있었는데, 나이도 젊고 얼굴이 잘생긴데다 풍도가 있었으며, 또한 글을 잘 지었다.

그가 한가윗날을 맞이해서 명주실을 사려고 친구들과 함께 평양장에 포백(布帛)을 싣고 와서 강가에 배를 대어 놓자, 성 안에 이름 있는 기생들은 모두 성문 밖으로 나와서 그에게 추파를

---

7) 금수산 부벽루 서쪽의 기린굴 위에 있는 절.
8) 부벽루의 별장. 부벽루는 을밀대 밑, 영명사 동쪽에 있음.
9) 고구려 동명왕의 궁궐. 옛날에는 영명사 안에 있었음.
10) 망주(望柱)와 같이 생긴 돌기둥.
11) 명나라 영종의 연호로, 조선 세조 3(1459)년에 해당됨.
12) 지금의 개성.

던졌다.

이때 성 안에 이생(李生)이라는 옛 친구가 살았는데, 잔치를 베풀어 그를 환대해 주었다. 술이 취한 홍생은 배로 돌아갔으나 밤은 서늘하고 잠도 오지 않았다. 문득 옛날 장계(張繼)의 시 〈풍교야박(楓橋夜泊)〉[1]이 생각나서 맑은 흥취를 견디지 못해 작은 배에 올라, 달빛을 싣고 노를 저어서 올라갔다. 흥취가 다하면 돌아가리라 생각하고 올라가다가 이르고 보니 부벽정 아래였다.

홍생은 뱃줄을 갈대숲에 매어두고 사다리를 타고 올라가 난간에 기대어 앞을 바라보며 맑은 소리로 낭랑하게 시를 읊었다. 이때 달빛은 바다처럼 넓게 비치고 물결은 흰 비단처럼 고운데, 기러기는 물가의 모래밭에서 울고 학은 소나무에서 떨어지는 이슬방울에 놀라서 푸드득거리니, 마치 하늘 위의 옥황상제가 계신 궁궐에라도 오른 것처럼 기상이 서늘했다.

한편 옛 서울을 돌아보니 하얀 성가퀴에는 안개가 끼어 있고 외로운 성 밑에는 물결만 철썩일 뿐이었다. '고국(古國)[2]이 망하고 보니 잡초만 우거졌구나.' 하는 탄식이 절로 나왔다. 이에 그는 시 여섯 수를 지어 읊었다.

부벽정 높이 올라 감개 깊어 시를 읊으니,
구슬픈 강물 소리가 애끊는 듯하구나.
용 같고 호랑이 같던 고국의 기상은 없어졌지만,
황폐한 옛성은 지금까지도 봉황 모습 그대로일세.

---

1) 당나라 장계가 지은 시.
2) 여기서는 고구려를 가리킴.

달빛 서린 모래밭에 기러기 갈 길을 잃고,
연기 걷힌 풀밭에는 반딧불만 날고 있네.
풍경도 쓸쓸하고 세상도 변하였는데,
한산사(寒山寺) 깊은 곳에서 종소리만 들려 오네.

임금 계시던 궁궐에는 가을 풀만 쓸쓸하고,
구름 낀 돌층계엔 길조차 아득하네.
기관(妓館) 옛터에는 냉이풀만 우거졌고,
성가퀴에 희미한 달빛, 까마귀만 우짖네.
풍류롭던 옛일은 티끌이 되었고,
적막한 빈 성터엔 찔레만 덮여 있네.
오직 강물만이 옛날처럼 흘러내려,
주야로 쉬지 않고 바다로 향하누나.

대동강 저 물결은 푸르고도 푸르구나,
1천 년 흥망사를 한탄한들 어이하리.
우물에는 물이 말라 담쟁이만 드리웠고,
이끼낀 돌담에는 능수버들 늘어졌네.
타향의 좋은 경치 천 수나 읊고 보니,
고국의 정든 회포에 술이 반쯤 취하누나.
난간엔 달빛이 밝아 잠조차 오지 않고,
밤 깊어지며 계화 향기가 살며시 떨어지네.

한가위라 저 달빛은 고와도 고울시고,
외로운 옛 성터는 볼수록 슬프구나.

기자묘(箕子廟)[1] 뜰에는 큰 나무 해묵었고,
단군사(檀君祠)[2] 벽 위에는 여라(女蘿)가 얽히었네.
영웅은 적막하니 지금 어느 곳에 있는가?
풀과 나무만 희미하니 몇 해나 되었는지.
오직 그 옛날의 둥근 달만 남아 있어,
맑은 광채 흘러나와 이 내 옷깃을 비추네.

동산에 달이 뜰 제 까막까치 흩어져 날고,
한밤의 찬 이슬은 나의 옷을 적시누나.
천 년 전 문물은 옛 모습 간 데 없고,
만고의 강산에도 성곽만은 변하였네.
조천(朝天)[3]하신 동명성제 돌아오지 않으시니,
인간에 남긴 이야기를 무엇으로 증거하리.
금수레와 기린말도 지난 자취 없어졌고,
풀 우거진 옛길엔 노승 홀로 가는구나.

찬 이슬이 내렸으니 뜰의 초목 시들었네,
청운교(青雲橋)와 백운교는 마주보고 서 있구나.
수나라 사졸들의 넋은 여울에서 울어예고[4],
가을 매미 울음소리 동명성왕 넋이런가.

---

1) 기자의 사당. 평양성 안에 있다. 고려 숙종이 평양에 행차하여 이 사당을 세웠고, 조선 세종 때에 비를 세웠음.
2) 단군의 사당. 조선 세종 11년에 처음 세워 봄과 가을에 제전을 올렸음.
3) 하늘나라에 조회(朝會)를 함.
4) 고구려 영양왕 때 수나라 군사 10만이 고구려를 치러 왔다가 을지문덕에게 패해 청천강에 빠져 죽음.

연기 낀 한길에는 상감 행차 간 곳 없고,
솔 우거진 행궁(行宮)에는 저녁 종소리만 들리누나.
정자에 높이 올라 시를 읊어도,
함께 즐겨 줄 이 아무도 없네.
밝은 달 맑은 바람에 이 마음만 들뜨누나.

홍생은 시를 다 읊은 후에 손바닥을 문지르며 일어나 춤을 추었다. 시를 읊을 때 한 귀가 끝나면 한 번씩 흐느껴 울었으므로 뱃전을 치고 퉁소를 불며 서로 화답하는 것과 같은 즐거움은 없었지만 마음 속으로 느꺼워 했다. 그래서 깊은 구렁에 잠긴 용도 따라 춤추고, 외딴 배에 홀로 있는 과부도 눈물을 흘릴 만했다.

이윽고 읊기를 마치고 돌아오려 했을 때는 이미 삼경(三更)이었다. 이때 갑자기 발자국 소리가 서쪽으로부터 들려 왔다. 그는 속으로, 절의 스님이 시 읊는 소리를 듣고 너무 의아해서 찾아오는 것이려니 하고 앉아서 기다리고 있었다. 그런데 뜻밖에도 나타난 사람은 아름다운 여인이었다.

두 사람의 시녀가 좌우에서 따르며 모시고 있는데, 한 사람은 옥자루가 달린 불자(拂子)를 가졌고, 다른 한 사람은 비단 부채를 들고 있었다. 여인의 몸가짐은 위엄이 있었고, 의복은 단정하여 마치 귀족집 처녀 같았다.

홍생은 뜰 아래로 내려가 담 틈에 비껴 서서 그 여인의 동정을 살폈다. 그녀는 남쪽 난간에 기대 서서 달빛을 바라보며 낮은 소리로 시를 읊는데, 풍류와 몸가짐이 엄연하여 범절이 있었다. 시녀가 비단방석을 펴 주자 여인은 얼굴빛을 고치고는 자리에 앉아 낭랑한 목소리로 말하였다.

"여기서 시를 읊은 사람이 있었는데 지금 어디 있소? 나는 꽃과 달의 요정도 아니요, 연꽃 위를 거니는 주희도 아니라오. 다행이도 오늘 저녁엔 만리장공 넓은 하늘에는 구름도 걷히었소. 달은 높이 뜨고 은하수는 맑은데다, 계수나무의 열매가 우수수 떨어지고 백옥루(白玉樓)[1]는 차디찬 이밤, 한 잔 술에 한 수의 시로 그윽한 심정을 유쾌히 풀어 볼까 하였소. 이런 좋은 밤을 어떻게 그대로 보내겠소?"

홍생은 그 말을 듣고 한편으로는 겁이 났으나 또한 기쁘기도 했다. 그래서 한동안 머뭇거리다가 가늘게 기침을 했다. 시녀가 기침소리가 나는 곳으로 찾아와 청했다.

"저희 아가씨께서 모시고 오라 하십니다."

홍생은 조심스럽게 나아가 절하고 꿇어앉았다.

여인도 또한 별로 어려워하지 않으면서 말했다.

"그대도 이리 올라오시오."

시녀가 낮은 병풍으로 앞을 가리었으므로 그들은 서로 반얼굴만 볼 수 있었다. 여인은 조용히 말했다.

"아까 그대가 읊은 시는 무엇을 뜻하오? 내게 들려 주시오."

홍생은 그 시를 하나하나 외어 들려 주자, 여인은 웃으며 말했다.

"그대는 나와 함께 시를 논할 만하오."

여인이 곧 시녀를 시켜 술을 권하는데, 차려 놓은 음식이 인간세상의 것이 아니었다. 시험삼아 씹어 보아도 굳고 단단하여

1) 달 속에 있는 궁전으로, 백옥으로 장식되어 있다고 함.

먹을 수가 없으며, 술맛도 또한 써서 마실 수가 없었다. 여인이 빙긋이 웃으며 말했다.

"속세의 선비가 어찌 선계의 단술이나 용고기포를 먹어 보았겠소?"

그녀는 시녀에게 말하였다.

"너 빨리 신호사(神護寺)[2]에 가서 절 밥을 조금 얻어 오너라."

시녀는 명령을 받고 가더니 잠시 후에 밥을 가지고 왔다. 그러나 반찬이 없었다. 여인은 또 시녀에게 말하였다.

"네가 주암(酒巖)[3]에 가서 반찬도 얻어 오너라."

얼마 되지 않아 시녀는 잉어구이를 얻어 왔다. 홍생은 그 음식들을 먹었다. 그가 음식을 먹고 나자, 여인은 벌써 홍생의 시에 따라 그 뜻에 화답하기 위해 향기로운 종이에 시를 써서 시녀를 시켜 홍생에게 전하였다. 그 시는 이러했다.

부벽정 오늘 저녁 달빛도 더욱 밝네,
청아한 그대 얘기 감개가 일어난다.
푸른 나무빛은 일산처럼 펼쳐 있고,
넘치는 저 강물은 비단치마 둘렀는 듯.
세월은 나는 새처럼 빨리도 지나갔고,
세상일은 자주 변해 유수처럼 흘러갔네.
오늘 밤의 정회를 그 누가 이해하랴,
숲 속의 종경(鐘磬)[4]만이 이따금 들려 오네.

---

2) 평양 서남쪽에 있는 절.
3) 바위 이름. 평앙 동북쪽에 있음.
4) 종과 경. 경은 옥이나 돌로 만든 아악기의 한 가지.

옛 성에 올라보니 대동강이 어디던가.
푸른 물결 흰 모래밭에 울고 가는 저 기러기.
기린 수레는 오지 않고, 임금도 또한 벌써 가셨으니.
퉁소 소리 끊어지고 흙무덤뿐이로다.
갠 산은 비가 오려나 시는 이미 이뤄졌고,
절은 고요한데 술이 반만 취하였구나.
초야에 버려진 옛 모습은 차마 보지 못하니,
천 년의 옛 자취가 뜬구름 되었구나.

풀뿌리 차갑다고 쓰르라미 울어대네,
높은 정자에 올라 보니 생각조차 아득하다.
비 그치고 구름 끼니 옛일이 슬프구나,
떨어진 꽃 흐르는 물에 세월이 느껴지네.
가을 기운 드높으니 밀물 소리 웅장하고,
강에 잠긴 저 누각엔 달빛마저 처량하네.
그 옛날 이 땅은 문화의 중심인데,
황폐한 성 늙은 나무가 남의 간장을 괴롭히네.

금수산 언덕 앞에 강물이 흐르는데,
강가의 단풍들은 옛 성을 비쳐 주네.
가을밤 어느 곳에 다듬잇소리 들리는고,
뱃노래 한 곡조에 고깃배가 돌아오네.
바위에 기댄 고목에는 담쟁이가 얽혀 있고,
풀 속에 누운 빗돌 이끼마저 끼었구나.
말없이 난간에 기대어 옛일을 생각하니,

달빛과 파도 소리가 슬픔을 자아내네.

별들이 듬성듬성 하늘을 덮었는데,
은하수 맑은 밤에 달빛만 교교하다.
빛나던 옛일들이 헛일인 줄 알았으니,
저승을 기약하기 어려우니 이승에서 만나 보세.
좋은 술 한 동이에 실컷 취해 보려네,
난세의 삼척검(三尺劍)[1]이 마음에 걸릴쏜가.
만고의 영웅들도 이미 티끌이 되었으니,
세상에 남는 것은 죽은 후의 이름뿐일세.

이 밤이 어찌 되었나, 밤은 이미 깊어졌고,
담장 위에 걸린 달은 바야흐로 둥글구나.
그대는 지금부터 세속 인연 벗었으니,
오늘 밤 나와 함께 한없이 즐겨 보세.
강 위의 누각에는 사람들도 흩어졌고,
뜰 앞의 홰나무엔 찬 이슬 내리누나.
이후에 다시 한 번 만나고자 한다면,
봉래산에 복숭아 익고 푸른 바다도 말라야 한다네.

홍생은 시를 받아 보고는 기뻤으나 그녀가 돌아갈까 염려되어 이야기를 하면서 만류하려고 했다. 그래서 이렇게 물었다.

"죄송합니다만 귀댁의 성씨는 누구십니까? 그리고 가문에 대

1) 석 자나 되는 긴 칼.

해서도 알고 싶습니다."

여인은 한숨을 쉬더니 대답했다.

"나는 은(殷) 왕실의 후손인 기씨(箕氏)의 딸이오. 내 선조 기자(箕子)께서는 실로 이 땅의 왕이 되시자 예법과 정치 제도를 모두 탕왕(湯王)[1]의 가르침에 따라 행하셨고, 여덟 가지 금법(禁法)으로써 백성을 가르쳤으므로 천 년이나 문물이 크게 빛나게 되었소. 나라의 운수가 갑자기 곤경에 빠지고 환란이 문득 닥쳐와 선고(先考)께서는 필부의 손에 패전하여 마침내 국가를 잃게 되었고, 위만(衛滿)이 이 시기를 틈타서 그 왕위를 차지하였으므로 조선의 왕업은 여기서 끊어지고 말았소. 몸이 약한 나는 이 어지러운 때를 당해 굳게 절개를 지키기로 다짐하고 죽기만 기다리고 있었소. 그때 홀연히 한 신인(神人)이 나타나서 나를 어루만져 주시더니, '내 본디 이 나라의 시조인데, 임금 자리를 누린 후 바다 속의 섬에 들어가서 죽지 않는 신선이 된 지가 벌써 수천 년이나 되었다. 너도 나를 따라 하늘나라 궁궐에 올라가서 즐겁게 지내지 않겠느냐?' 하시므로 나는 즐거이 응하였소. 그분은 마침내 나를 이끌고 당신이 살고 계시는 곳으로 가서 별당을 지어 살게 해주시고, 또 나에게 삼신산의 불사약(不死藥)을 내리셨소. 그 약을 먹은 지 몇 달이 지나자 문득 몸이 가벼워지고 기운이 건장해지더니, 날개가 나서 신선이 되는 듯하였소. 그 후로는 공중에 높이 떠서 사방을 배회하면서 천하의 경치 좋은 곳과 명산을 찾아 십주(十州)[2]와 삼도(三島)[3]를 빠

1) 중국 은나라의 시조.
2) 신선이 산다는 열 개의 섬.
3) 신선이 산다는 세 섬, 곧 봉래 · 방장 · 영주.

짐없이 유람하였소. 하루는 가을 하늘이 활짝 개고 옥황상제가 계시는 하늘나라가 밝은데다 달빛이 물처럼 맑았소. 달을 쳐다보니 갑자기 먼 곳에 가 보고 싶은 생각이 들었소. 그래서 달나라에 올라가서 광한전(廣寒殿)[4]에 들어가 수정궁(水晶宮)[5]으로 항아를 방문하였더니, 항아는 나를 절개 곧고 글 잘하는 여인이라 칭송하며, '비록 인간 세상의 선경(仙境)을 복지(福地)라 하지마는 모두 싸움터일 뿐이니, 하늘나라에 올라와서 흰 난새를 타고 계수나무 밑에서 맑은 향기를 맡고, 창공에서 달빛을 띠고 옥경(玉京)[6]에서 즐겁게 놀거나 은하수에서 멱감은 것만 하겠느냐?' 하고는 곧 나를 향안(香案)[7] 받드는 시녀로 삼아 자기 곁에 있게 해주었는데, 그 즐거움은 이루 말할 수 없었소. 그러다가 문득 오늘 밤 고국 생각이 나서 인간 세계를 내려다보며 고향을 굽어보니, 산천은 옛날 그대로였지만 사람들은 달라졌고, 밝은 달빛이 연진(煙塵)을 가려 주고, 맑은 이슬은 대지에 쌓인 먼지를 깨끗이 씻어 놓았으므로, 옥경을 잠시 하직하고 아래로 내려와 조상님의 산소에 절하고는, 부벽정 구경이나 하면서 회포를 풀어 볼까 해서 이리로 왔소. 마침 글 잘하는 선비를 만나고 보니 기쁘기도 하나 한편 부끄럽기도 하오. 더구나 감히 그대의 뛰어난 글에 노둔(駑鈍)한 붓으로 화답하였으니 시라고까지 할 수 있겠소만, 그저 내 심정만 표현하였소."

홍생은 두 번 절하고 머리를 조아리면서 말했다.

---

4) 달나라 궁전의 이름.
5) 수정으로 지었다는 아름다운 궁전.
6) 옥황상제가 산다는 하늘나라의 서울.
7) 옥황상제 앞에 놓는 향로를 받치는 상.

"속세의 우매한 사람으로 초목과 함께 썩는 것이 마땅합니다. 어찌 이 나라의 왕손이신 선녀를 모시고 시로써 화답할 줄이야 꿈에나 생각하였겠습니까?"

홍생은 그 자리에서 한번 훑어본 시를 기억하고 있었으므로 다시 엎드려 말했다.

"어리석은 이 사람은 전생에 지은 죄가 많으므로 신선의 음식은 먹을 수 없었습니다만, 그래도 글은 조금 알고 있으므로 선녀께서 지으신 시는 조금은 이해했는데 참으로 기이한 일입니다. 대저 사미(四美 ; 좋은 철, 아름다운 경치, 이를 보고 즐거워하는 마음, 이를 보고 유쾌하게 노는 일)를 갖추기란 어려운 일인데, 이 네 가지가 구비되었으니 이번에는 '강가 정자에서 가을밤에 달을 즐기다' 란 제목으로 40운(韻)의 시를 지어 저를 가르쳐 주십시오."

여인은 머리를 끄덕여 허락하더니, 붓을 적셔 단숨에 죽 내리쓰니, 구름과 연기가 서로 얽힌 듯 찬란하였다. 붓을 달려 곧바로 지었는데 그 시는 이러했다.

부벽정 달 밝은 밤에, 먼 하늘에서 맑은 이슬 내린다.

맑은 빛은 은하수에 빛나고 서늘한 기운은 오동잎에 서려 있네.

삼천리는 희맑고 십이루(十二樓)[1]는 아름답다.

구름은 반 점도 없는데 가벼운 바람이 눈앞을 스치네.

넘실넘실 넘치며 흐르는 물에 아물아물 떠나는 배를 보내네.

1) 신선이 산다는 누각.

선창(船窓)도 엿보면서 갈대꽃이 물가를 비쳐 주네.

예상곡(霓裳曲)[2]이 들리는 듯 옥도끼 소리 귀에 쟁쟁.

진주조개로 집을 지어 염부주(閻浮州)[3]에 미치는구나.

지미(知微)[4]와 달을 보고 공원(公遠)[5]과 놀아 보세.

달빛이 차가우니 까마귀 놀라고, 오나라 소는 그림자 보고 헐떡이네.[6]

은은한 달빛이 푸른 산을 두르고,

벽해 모퉁이에 달빛이 환하다.

그대와 함께 창을 열고서 홍겨워 주렴을 올려 보네.

이백[7]은 술잔을 멈추었고,

오강(吳剛)[8]은 계수나무를 베었네.

흰 병풍 찬란하고 비단 휘장이 쳐 있는데,

보배로운 거울을 닦아 처음 걸고 얼음 바퀴 구르던 것도 멈추지 않네.

금물결은 조용하고 시간은 흘러가네.

요사한 두꺼비[9]는 칼로 쳐 없애고,

교활한 옥토끼는 그물로 잡아 보세.

---

2) 악곡의 이름. 월궁의 음악을 모방해서 만들었다는 악곡으로, 여기서는 달나라 음악.

3) 불교에서 일컫는 말로, 수미산 4대주(四大洲)의 하나.

4) 당나라 때의 술사인 조지미의 이름. 조지미는 도술을 써서 장마 때에 그의 친구들과 함께 달을 구경했다는 전설이 있음.

5) 당나라 때의 술사인 나공원의 이름. 지미와 같이 놀았다고 함.

6) 오나라는 더운 지방이므로, 소가 달을 보고도 뜨거운 해로 알고 헐떡였다고 함.

7) 당나라 때의 시인. 달을 보고 술잔을 멈추었다는 시구가 있음.

8) 한나라 때의 사람. 신선을 배우다가 잘못을 저질러 달나라에 귀양가서 계수나무를 베었다는 전설이 있음.

9) 달 속에서 살고 있다는 두꺼비.

먼 하늘엔 비 개고 좁은 돌길엔 연기 그치리.

천길 나무 난간 아래 만길 못을 굽어보네.

변방에선 길 찾아주고 고향에선 친구 만나게 해준다.

시구로 화답하며 술잔을 주고받아,

광음을 아끼면서 취토록 마셔 보세.

화로 속에선 까만 숯불이 튀고, 솥 속에선 국이 끓네.

향로에선 용연향이 풍겨 오고, 커다란 잔 속엔 술이 가득하구나.

외로운 소나무에선 학이 울고, 네 벽에서 귀뚜라미가 우는구나.

호상(胡床)에서 은호와 유량이 이야기하고, 진저(晉渚)에서 사령운이 혜원과 노닐었었지.

어렴풋이 황량한 성터에 쓸쓸하게 초목만 우거져.

단풍잎은 하늘하늘 떨어지고 누런 갈대는 차갑게 사각거리네.

선경은 영원한데 인간 세상엔 세월도 빠르구나

옛 궁궐엔 벼와 기장이 여물었고, 사당엔 가래나무와 뽕나무가 늘어졌네.

옛 자취란 빗돌뿐이니 흥망을 갈매기에게나 물어 보리.

달은 기울었다 차는데 인생은 하루살이 같아라.

궁궐은 절이 되고 옛 임금은 세상을 떠났네.

반딧불이 휘장에 가려 사라지자 도깨비불이 깊은 숲에서 나타나네.

옛날 일 생각하면 눈물만 떨어지고 지금 세상 생각하면 저절로 시름겹네.

단군의 옛터는 목멱산(木覓山)[1]만 남았고 기자의 서울도 실개천 뿐일세.
굴 속엔 기린의 자취[2]가 있고 들판엔 숙신(肅愼)[3]의 화살만 남았는데,
난향(蘭香)[4]이 이제 자궁(紫宮)[5]으로 돌아가자,
직녀(織女)도 용을 타고 떠나네.
선비는 붓을 놓고 선녀는 공후 멈추고,
노래를 마치고 사람들 흩어지니 고요한 바람에 노젓는 소리만 들려 오네.

여인은 쓰기를 마치자 붓을 던지고 공중으로 높이 올라갔는데, 그 간 곳을 알 수 없었다. 그녀는 돌아갈 때 시녀에게 일러 홍생에게 말을 전하였다.

"상제의 영이 엄하시므로 나는 이제 흰 난새를 타고 올라가려고 하오. 다만 청아한 이야기를 다하지 못하고 보니 내 마음이 매우 섭섭하오."

그녀가 떠난 지 얼마 후에 회오리바람이 불어와 땅을 휘감더니 홍생이 앉았던 자리를 걷어 갔다. 그리고 그 시도 앗아가 버렸는데, 그 간 곳을 알 수 없었다. 그것은 이런 이상한 이야기를 인간 세상에 전하여 널리 퍼뜨리지 못하게 하기 위한 것이었다.

---

1) 평양 동쪽에 있는 산. 황성의 옛 자취가 있다고 함.
2) 고구려 동명왕이 탔다는 기린마.
3) 숙신은 고조선 때에 만주 지방에 있던 나라 이름인데, 그 나라에서 나는 화살이 유명했다고 함.
4) 두난향. 선녀의 이름.
5) 옥황상제가 사는 곳.

홍생은 조용히 서서 가만히 생각해 보았다. 꿈도 아니고 생시도 아니었다. 홍생은 난간에 기대 서서 정신을 바로잡고서는 그녀가 한 말을 모두 기록했다. 그는 기이하게 만났지만 마음에 쌓여 있는 이야기를 다하지 못한 것이 서운해서 조금 전의 일들을 회상하면서 시 한 수를 지어 읊었다.

양대(陽臺)[1]에서 뵈온 임 다만 일장춘몽인가?
가신 임 어느 해에 퉁소 불고 돌아오리.
대동강 푸른 물결 비록 무정하지마는,
임 떠난 저곳으로 슬피 울며 흘러가네.

시 읊기를 마치고, 사방을 살펴보니 산 속의 절에서는 종소리가 들려 오고 물가의 마을에서는 닭이 울었다. 달은 성 서쪽에 기울어져 있고 샛별만 반짝이고 있는데, 다만 뜰 아래서는 쥐소리가, 자리 옆에서는 벌레 소리가 들릴 뿐이었다.

홍생은 쓸쓸하고 슬펐으며, 경건해지며 두렵기도 해서 심정이 비통해져 더 머무를 수가 없었다. 그는 배로 돌아갔으나 우울하고 답답했으므로 배를 저어 전에 대었던 강언덕으로 갔더니, 친구들이 다투어 물었다.

"어젯밤엔 어디서 자고 왔는가?"

홍생은 거짓으로 말했다.

"어젯밤에 낚싯대를 메고 달빛을 따라 장경문(長慶門)[1] 밖 조천석(朝天石) 기슭까지 가서 좋은 물고기를 낚으려 하였으나,

1) 초나라 양왕이 선녀를 만났던 곳. 여기서는 부벽정을 가리킴.
2) 평양의 성 안에 있는 장경사의 문.

마침 날씨가 서늘해서 물이 차가와 붕어 한 마리도 낚지 못했네. 유감스럽기 짝이 없네그려."

친구들은 아무도 그의 말을 의심하지 않았다.

그 후 홍생은 그 여인을 잊지 못해 병을 얻어 쇠약해진 몸으로 집으로 돌아왔지만, 정신이 흐리멍덩해지고 언어에 두서가 없었다. 그는 병상에 누운 지 오래 되었으나 조금도 좋아지지가 않았다. 홍생이 하루는 꿈을 꾸었는데 엷게 화장을 한 여인 한 사람이 나타나서 말했다.

"저희 아가씨께서 선비님을 상제께 아뢰었더니, 상제께서 선비님의 재주를 사랑하시어 견우성 막하에 예속시켜 속관(屬官)[3]으로 삼게 하였습니다. 상제께서 선비님께 명하셨으니 어찌 피하겠습니까?"

홍생이 놀라서 꿈을 깼다. 집안 사람에게 명령하여 자기 몸을 깨끗이 목욕시켜 옷을 갈아입히게 하고는, 향을 태우고 땅을 소제한 후 자리를 뜰에 펴게 하였다. 그는 턱을 괴고 잠깐 누워 있다가 갑작스레 세상을 떠났는데, 이 날은 9월 보름이었다.

그의 시체를 빈소에 안치한 지 며칠이 지나도 얼굴빛이 변하지 않았다. 그때 사람들은 그가 신선을 만났으므로 죽음에서 해탈되었기 때문이라 하였다.

---

3) 장관에게 속한 관원을 일컬음.

남염부주지(南炎浮洲志)

남쪽의 염부주 이야기

성화(成化)[1] 초에 경주에 박생(朴生)[2]이라는 사람이 살고 있었다. 그는 일찍이 유학에 뜻을 두고 태학관(太學館)에서 공부하였지만 한 번도 시험에 합격하지 못하여 항상 불쾌한 감정을 품고 있었다. 그래도 박생은 그의 포부와 기상이 고상하여 어떠한 세력에도 굴복하지 않았으므로, 주위에서는 그를 거만하다고 생각했다. 그러나 남들과 만나거나 이야기할 때에는 태도가 온순하고 순박하였으므로 고을 사람들이 모두 그를 칭찬해 마지않았다.

박생은 일찍부터 불교 · 무격(巫覡)[3] · 귀신 등의 모든 설에 대해 의심을 품고 있었으나 어떠한 결단을 내리지는 못했는데,

1) 명나라 헌종의 연호. 성화 원년은 조선 세조 11(1465)년.
2) 박서생(朴書生)의 준말. 서생은 유학을 닦는 사람을 일컬음.
3) 무당과 박수. 박수는 남자 무당.

후에 《중용(中庸)》[4]과 《역경(易經)》[5]을 읽고서 자기의 견해에 대해 자신을 가지고 더 이상 의심하지 않게 되었다. 그러나 그는 성질이 순박하고 온후하였으므로 불교도(佛敎徒)와도 사귀게 되었는데, 한유(韓愈)와 태전(太顚)의 사이[6], 유종원(柳宗元)과 손상인(巽上人)의 사이[7] 처럼 가까운 이들도 두세 사람 있었다.

불교도들도 또한 그를 문사로서 사귀게 되니, 혜원(慧遠)과 종병(宗炳) · 뇌차종(雷次宗)의 사이[8], 지둔(支遁)과 왕탄지(王坦之) · 사안(謝安)의 사이[9]처럼 절친하게 되었다.

어느 날, 박생이 한 스님에게 극락과 지옥의 설에 대해서 묻다가 다시 의심이 생겨서 말했다.

"하늘과 땅에는 하나의 음(陰)과 양(陽)이 있을 뿐인데, 어찌 이 하늘과 땅 밖에 또 다른 하늘과 땅이 있겠습니까? 그것은 틀림없이 바르지 못한 설입니다."

그가 다시 스님에게 물었으나, 스님도 결정적으로 대답하지는 못하고서 다만 죄와 복은 지은 데 따라 응보(應報)가 있다는 설로써 대답했다. 박생은 역시 마음 속으로 받아들이지 못했다.

---

4) 유교의 경전인 사서(四書)의 하나. 공자의 손자인 자사가 지었고, 특히 이 책의 16장과 29장은 귀신에 대하여 언급되어 있음.

5) 오경(五經)의 하나. 주나라 때 문왕 · 주공 · 공자의 손으로 이룩된 책. 음양 이원(二元)으로서 천지간의 만상을 설명하고, 여기에 맞추어 인간의 윤리 · 정치 · 도덕을 설명한 유교 철학책.

6) 한유는 당나라의 유명한 문인이요, 태전은 당시의 큰스님인데, 서로 친교가 두터웠음.

7) 유종원은 당나라의 유명한 문인이고, 손상인은 그 당시 큰스님인데, 서로 친교가 두터웠음.

8) 혜원은 진(晋)나라의 큰스님이고, 종병과 뇌차종은 그 당시의 문인인데, 서로 친교가 두터웠음.

9) 지둔은 진나라의 큰스님이고, 왕탄지와 사안은 그 당시의 명사인데, 서로 친교가 두터웠음.

박생은 일찍이 '일리론(一理論)'이란 글을 지어서 자신을 깨우쳤는데, 이는 이단자(불교도)의 유혹에 빠지지 않기 위해서 한 일이었다. 그 대략은 이렇다.

"내 일찍이 옛 사람의 말을 들으니, 세상의 이치란 하나가 있을 뿐이었다. 하나란 무엇이냐 하면, 그것은 두 이치가 아님이다. 이치란 무엇이냐 하면, 천성(天性)을 이름이요, 천성이란 무엇이냐 하면, 하늘이 인간에게 내린 것이다. 하늘이 음양과 오행(五行)[1]으로써 만물을 만들 때 기(氣)로써 형체를 이룩하였는데, 이(理)도 또한 품부(稟賦)[2]하게 되었던 것이다. 이른바 이치란 것은 일용 사물에 있어서 각각 조리를 가지는 것이다. 예를 들면, 부자(父子)의 사이에서는 사랑을 다해야 함을 이름이요, 군신(君臣)의 사이에서는 의리를 다해야 함을 이름이요. 부부와 장유(長幼)의 사이에서는 각각 당연히 해야 할 길이 있음을 이름이니, 이것이 이른바 도(道)이다. 우리 마음 속에 이 이치가 갖추어져 있는 것이다. 이 이치를 따르면, 어디를 가더라도 불안이 없을 것이나, 이 이치를 거슬러서 천성을 어긴다면 재앙이 미치게 될 것이다. 궁리진성(窮理盡性)[3]은 이 이치를 연구하는 일이요, 격물치지(格物致知)[4]도 이 이치를 연구하는 일이다. 대개 사람은 날 때부터 이 마음을 가지지 않을 수 없고, 또한 이 천성을 갖추지 않을 수 없으며, 세상 사물에도 또한 이 이치가

---

1) 우주 속에서 쉬지 않고 운행하는 다섯 가지 원소. 곧 금(金) · 목(木) · 수(水) · 화(火) · 토(土).

2) 선천적으로 받음. 천생으로 타고남.

3) 하늘의 이치와 사람의 본성을 샅샅이 연구함.

4) 사물의 이치를 연구하여 후천적으로 지식을 명확히 함.

5) 마음의 본체는 공허하여 형체가 없으나 그 기능은 맑고 환한 것.

모두 있다. 마음의 허령(虛靈)[5]으로써 천성인 자연을 따라 만물에 나아가 이치를 연구하고, 사건에 따라 근원을 추구해서 그 극치에 이르게 된다면 세상의 이치가 모두 나타나 분명해지지 않음이 없을 것이며, 이치의 지극함이 모두 마음 속에 벌여지지 않음이 없을 것이다. 이러한 방법으로 추구해 가면 천하와 국가도 모두 여기에 포괄되고 통합될 것이므로 천지 사이에 참여하더라도 어긋남이 없을 것이며, 귀신에게 질문하더라도 미혹되지 않을 것이며, 고금을 통하더라도 망각되지 않을 것이다. 유학자가 할 일은 오직 이것이다. 천하에 어찌 두 가지의 이치가 있을 수 있겠는가? 저 이단[6]의 설을 나는 믿을 수 없다."

어느 날 박생이 자기의 거실에서 밤에 등불을 돋우고 글을 읽다가 베개에 기대어 언뜻 잠이 들었는데, 꿈에 한 나라에 이르니, 바로 바닷속의 한 섬이었다. 그 땅에는 초목이라고는 전혀 나지 않았고, 모래나 자갈도 없었다. 발에 밟히는 것은 모두 구리가 아니면 쇠였다. 낮에는 사나운 불길이 하늘까지 뻗쳐 땅덩어리가 녹아내리는 듯하였고, 밤이면 쌀쌀한 바람이 서쪽에서 불어와 사람의 뼈를 에이는 듯해서 몸에 부닥치는 장애를 견딜 수가 없었다.

또 섬과 같은 쇠 벼랑은 바닷가를 둘러싸고 있었는데 굳게 잠긴 쇠문이 하나 덩그렇게 서 있었다. 수문지기는 사람을 물어뜯을 것 같은 영악한 자세로 창과 쇠몽둥이를 쥐고 성을 지키고 서 있었다.

그 안에 거주하는 백성들은 쇠로 지은 집에 살고 있었는데,

---

6) 불교를 말함.

낮에는 피부가 불에 데어 문드러지고 밤에는 추워서 몸이 얼어 붙곤 하였다. 사람들은 다만 아침과 저녁에만 약간 기동하며 웃고 얘기하는 것 같았다. 그러나 그다지 괴로워하지도 않았다.

박생이 깜짝 놀라 머뭇거리고 있으니 수문지기가 그를 불렀다. 그는 당황하였으나 가지 않을 수 없어 조심스레 다가갔다. 수문지기는 창을 세우고 박생에게 물었다.

"당신은 어떤 사람이오?"

박생은 벌벌 떨면서 대답했다.

"저는 아무 나라에 사는 아무개인데 세상 물정을 모르는 선비올시다. 감히 영관(靈官)[1]을 모독하였으니 죄를 받음이 마땅하겠으나 너그러이 생각하시고 용서해 주시기 바랍니다."

엎드려 두 번 세 번 절하면서 당돌한 행동을 사과하니 수문지기가 말했다.

"유학자는 위협을 당하더라도 굽히지 않는다 하던데 서생은 어찌 몸을 굽힘이 이렇듯 심하십니까? 저희들은 인간 세상 사람들 중에서 이치를 잘 아는 군자를 만나려 한 지가 벌써 오래되었습니다. 저희 임금께서 서생과 같은 분을 만나 뵙고 동방 사람들에게 한 말씀 전할 생각을 가지고 계십니다. 여기 조금 앉아 기다려 주십시오. 곧 임금께 가서 아뢰겠습니다."

말을 마치자, 수문지기는 빠른 걸음으로 성 안으로 들어갔다. 얼마 후에 그가 되돌아와서 박생에게 말했다.

"임금께서 편전(便殿)[2]에서 맞이하겠다 하십니다. 서생은 마땅히 바른 말로써 대답하십시오. 위엄을 두려워해서 숨겨서는

1) 선관(仙官), 곧 선경의 관원을 일컬음.

2) 임금의 평상시에 거처하는 궁전.

안 됩니다. 제발 저희 나라 백성들이 올바른 길〔大道〕의 요지를 알게 해주십시오."

잠시 후에 검은 옷과 흰옷을 입은 두 동자가 나타났는데, 손에 문서를 쥐고 있었다. 한쪽 문서는 검은 종이에다 푸른 글자로 쓴 것이요, 다른쪽 문서는 흰 종이에다 붉은 글자로 쓴 것이었다.

동자가 그 문서를 박생의 왼편과 오른편에서 펴보이기에 들여다보니 자기의 이름과 성이 붉은 글자로 씌어 있고 그 아래에 다음과 같이 적혀 있었다.

'현재 아무 나라 박 아무개는 이승에서 지은 죄가 없으므로, 이 나라의 백성은 될 수 없다.'

박생은 그 글을 보고 동자에게 물었다.

"나에게 이 문서를 보이는 것은 무슨 까닭이오?"

"검은 종이의 것은 악인의 명부요, 흰 종이의 것은 선인의 명부입니다. 선인의 명부에 실린 사람은 임금께서 선비를 초빙하는 예로써 맞이하시고, 악인의 명부에 실린 사람은 비록 처벌하시지는 않으시더라도 천민이나 노예로 대우하십니다. 임금께서 만약 서생을 보시면 예를 극진히 하실 것입니다."

말을 끝내자 동자는 그 명부를 가지고 성 안쪽으로 들어가 버렸다.

잠시 후, 바람을 타고 어떤 수레가 달려오는데, 그 위에는 연좌(蓮座)가 설치되어 있고, 그 곁에는 어여쁜 동자와 동녀가 한 사람은 불자(拂子)를 잡고 다른 이는 일산(日傘)을 들고 서 있었다. 그리고 무사와 나졸들이 창을 휘두르면서 소리를 높여 행인을 금하면서 따라왔다.

박생이 그제야 머리를 들고 멀리 바라보니 그 앞에 세 겹으로 된 철성(鐵城)이 있고, 높다란 궁궐이 금으로 된 산 밑에 있는데, 뜨거운 불꽃이 하늘까지 닿도록 이글이글 타올랐다. 길가에 다니는 사람들을 돌아보았더니, 사람들은 불꽃 속에서 녹아내린 구리와 쇠를 마치 진흙 밟듯이 밟으면서 걸어가고 있었다. 그러나 박생의 앞으로 뻗은 몇십 걸음쯤 되는 길은 숫돌과 같이 평탄하였으며 흘러내리는 쇳물이나 뜨거운 불도 없었다. 아마 그것은 신력(神力)으로 그렇게 해 놓은 듯하였다.

왕성(王城)에 이르니 사방 문은 활짝 열려 있는데, 연못가에 있는 누각이 하나같이 인간 세상의 것과 같았다. 아름다운 두 여인이 마중 나와 박생에게 절하더니 인도하여 안으로 모셨다. 임금은 머리에 통천관(通天冠)[1]을 쓰고, 허리에는 문옥대(文玉帶)[2]를 띠었으며, 손에는 규(珪)[3]를 잡고 뜰 아래까지 내려와서 맞이하였다. 박생이 엎드려 감히 쳐다보지 못하니 임금이 말했다.

"서로 사는 지역이 달라서 통제할 권리도 없을 뿐 아니라, 이치에 통달한 선비를 어찌 위력으로 몸을 굽히게 할 수 있겠소."

임금이 박생의 소매를 잡고 전각 위로 올라와 특별히 한 자리를 마련해 주었는데, 백옥 난간에 놓인 금으로 된 자리였다.

자리에 앉자 임금은 시자(侍者)를 불러서 다과를 올리게 하였다. 박생이 곁눈으로 보니 차는 구리를 녹인 액체이고 과일은

1) 임금이 거동할 때에 쓰던 관. 높이가 9치나 되었다고 함.
2) 문채나는 옥으로 만든 띠.
3) 위가 둥글고 아래가 모난 길쭉한 옥으로 만든 홀. 나라에 큰 일이 있을 때 이것을 손에 잡고 나와 신표로 삼았음.

쇠로 만든 동그란 알맹이였다.

박생은 놀랍고 두려웠으나 감히 피할 수가 없었으므로, 그들이 하는 짓만 보고 있었다. 시자가 다과를 앞에 올려놓으니, 향기가 나는 차와 맛 좋은 과실의 아름다운 향기가 온 전각에 진동하였다. 차를 다 마시자 임금이 박생에게 말했다.

"서생은 이 땅이 어딘지 아시겠습니까? 여기는 염부주(炎浮洲)[4]입니다. 왕궁의 북쪽 산이 바로 옥초산(沃焦山)[5]입니다. 이 섬은 하늘과 땅의 남쪽에 있으므로 남염부주라고 부릅니다. 염부란 말은 불꽃이 활활 타서 늘 공중에 떠 있기 때문에 불리게 된 이름입니다. 내 이름은 염마(焰魔)입니다. 불꽃이 내 몸을 휘감고 있으므로 그렇게 부르는 것입니다. 내가 이 땅을 통치한 지가 벌써 1만 년이 넘었습니다. 너무 오래 살다 보니, 마음이 모든 일에 통해서 하고 싶은 일이 뜻대로 되지 않는 것이 없습니다. 창힐(蒼頡)[6]이 글자를 만들 적에는 내가 백성들을 보내어 울어 주었고, 석가가 부처가 될 때에는 제자를 보내어 보호해 주었습니다. 그러나 삼황(三皇) · 오제(五帝)와 주공(周公) · 공자(孔子)는 각기 당신의 도로써 스스로 지켰으므로, 나는 두려워서 감히 그 사이에 바로 설 수가 없었습니다."

박생이 물었다.

"주공 · 공자와 석가는 모두 어떠한 사람들입니까?"

"주공과 공자는 문명국인 중국에서 탄생하신 성인이시오, 석

---

4) 남쪽 바다 가운데에 있다는 섬. 염주(炎洲)라고도 하며, 글자 그대로 불꽃이 활활 타며 공중에 또 있는 섬.

5) 동해의 남쪽 3만 리에 있다는 산.

6) 처음으로 글자를 만들었다는 황제의 신하.

가는 간흉(姦凶)의 나라인 인도에서 탄생하신 성인입니다. 문물이 비록 뛰어났다 해도 성품이 박잡(駁雜)한 사람도 있고, 순수한 사람도 있으므로 주공과 공자가 이들을 통솔하였습니다. 또 간흉들이 비록 몽매하다 해도 민첩한 기질을 가진 사람도 있고, 노둔한 기질을 가진 사람도 있으므로 석가가 이들을 깨우쳐 주었습니다. 주공과 공자의 가르침은 정도(正道)로써 사도(邪道)를 물리치는 일이었고, 석가의 법은 사도로써 사도를 물리치는 일이었습니다. 그러므로 주공과 공자의 말씀은 올바르고, 석가의 말씀은 허황하였습니다. 주공과 공자의 말씀은 올바랐으므로 군자가 따르기 쉬웠고, 석가의 말씀은 허황하였으므로 소인이 믿기가 쉬었던 것입니다. 그러나 그 지극한 경지에 이르러서는 모두 군자와 소인들에게 마침내 바른 도리로 돌아가게 하는 것이요, 결코 세상을 의혹시키고 백성을 속여서 이도(異道)로써 그릇되게 하려는 것은 아닙니다."

"귀신이란 어떤 것입니까?"

"귀(鬼)란 것은 음(陰)의 정기요, 신(神)이란 것은 양(陽)의 정기입니다. 대개 귀와 신은 조화의 자취요, 이기(理氣)의 양능(良能)[1]입니다. 살아 있을 때는 인물이라 하고, 죽고 나면 귀신이라 하나 본디는 다른 것이 아닙니다."

"속세에서는 귀신에게 제사 지내는 예법이 있는데, 제사를 받는 귀신과 조화의 귀신은 다릅니까?"

"다르지 않습니다. 서생은 어찌 그것을 모르십니까? 옛 유학자가 이르기를 '귀신은 형체도 없고 소리도 없다'고 하였습니

1) 배우지 않고도 행할 수 있는 재능.

다. 그러나 물질의 시초와 종말은 음양이 어울리고 흩어짐에 따르는 것입니다. 천지에 제사 지내는 일은 음양의 조화를 존경하기 때문이요, 산천에 제사 지내는 일은 기(氣)의 변화의 오르내림에 보답하기 위함이요, 조상에게 제사 지내는 일은 조상의 은혜를 갚기 위함이요, 육신(六神)[2]에게 제사 지내는 일은 재앙을 면하기 위해서입니다. 모두 사람들이 공경하는 마음을 가지게 하기 위해서입니다. 그들은 형체를 뚜렷이 가지고 있어서 인간에게 재앙과 복(福)을 함부로 주는 것은 아닙니다만, 사람들이 향불을 살라 슬퍼하면서 귀신이 옆에 있는 것처럼 하는 것입니다. 공자님께서 이른바 귀신은 공경하면서도 멀리해야 한다고 하신 말씀은 확실히 이것을 일러 주신 것입니다."

"인간 세상에는 요괴(妖怪)[3]들이 나타나서 사람들을 해치고 미혹시키는 일이 있는데, 이것들도 귀신이라 할 수 있습니까?"

"귀(鬼)[4]란 굽힌다는 뜻이요, 신(神)[5]이란 편다는 뜻입니다. 조화의 신은 굽혔다 폈다 할 수 있으나, 울결(鬱結)[6]된 요괴들은 굽히되 펴지 못합니다. 조화의 신은 조화와 어울린 까닭으로 처음부터 끝까지 음양과 더불어 하며 자취가 없습니다. 그러나 요괴들은 울결된 까닭으로 인간과 혼동되고 사람들을 원망하며 형체를 가지고 있습니다. 산에 사는 요물은 초(魈)라 하고 물에 사는 괴물은 역(魊)이라 하며, 계곡에 사는 괴물은 용망상(龍罔象)이라 하고, 목석(木石)에 사는 괴물은 기망량(夔魍魎)이라 합

2) 다섯 지방을 지키는 6신, 곧 동·서·남·북 및 중앙의 구진(句陳)·등사(螣蛇)를 일컬음.
3) 요사스럽고 괴이한 도깨비.
4) 음(陰)의 신. 귓것(귀신).
5) 양(陽)의 신. 착한 신.
6) 가슴이 답답해서 막힘.

니다. 만물을 해치는 요물은 여(厲)라 하고, 만물을 괴롭히는 요물은 마(魔)라 하며, 만물에 붙어 사는 요물은 요(妖)라 하고, 만물을 유혹하는 요물은 매(魅)라 합니다. 이들은 모두 귀(鬼)들입니다. 음양의 변화를 마음대로 하는 것이 곧 신(神)이니, 신이란 신묘(神妙)한 작용을 이르는 것이고, 귀(鬼)란 근본으로 돌아가는 것을 말합니다. 하늘과 사람이 같은 이치이고 현상계(現狀界)[1]와 본체계(本體界)[2]가 간격이 없으니 근본으로 돌아감을 정(靜)이라 하고, 천명을 회복함을 상(常)이라 하며, 조화와 시종을 같이 하면서도 그 조화의 자취를 알 수 없음이 있으니 이른바 도(道)란 것입니다. 그러므로 《중용》에서 '귀신의 덕이 성대하다'고 한 것입니다."

"저는 언젠가 불교도들에게서 하늘 위에는 극락이라는 즐거운 곳이 있고, 땅 밑에는 지옥이라는 고통스런 곳이 있다고 들었습니다. 그리고 명부(冥府)[3]에서는 시왕(十王)을 배치하여 열여덟 지옥의 죄인을 문초한다고 들었습니다. 그 말은 정말입니까? 또 사람이 죽은 지 이레가 된 후, 부처님께 공양드리고 재물을 베풀어 그 영혼을 제사지내고 대왕께 정성을 드리며 지전(紙錢)[4]을 사르면 지은 죄가 면해진다고 하였습니다. 간사하고 포악한 사람들도 왕께서는 너그러이 받아 주십니까?"

임금은 몹시 놀라면서 말했다.

"나는 그런 말은 들어 본 적이 없습니다. 옛 사람이 말하기를

1) 경험의 세계. 형이하(形而下)의 세계.
2) 본체의 세계. 현상계의 근본이 되는 세계임.
3) 저승의 법정.
4) 종이로 만든 돈. 저승에서 사용한다고 함.
5) 천지 자연의 이치.

한번 음이 되고 한번 양이 됨을 도(道)[5]라 하였고, 한번 열리고 한번 닫히는 것을 변(變)[6]이라 하였으며, 낳고 또 낳음〔生生〕[7]을 역(易)이라 하였고, 허위가 없음을 성(誠)이라 하였습니다. 사리가 이와 같은데 어찌 건곤(乾坤)[8] 밖에 또 건곤이 있으며, 천지(天地)[9] 밖에 다시 천지가 있겠습니까? 또 임금이란 것은 모든 백성이 추대하는 명칭입니다. 삼대(三代)[10] 이전에는 모든 백성의 군주를 모두 임금이라 하였으며 다른 명칭은 쓰지 않았습니다만, 그러던 것을 공자님께서 《춘추(春秋)》[11]를 엮으실 때 백세에 바꿀 수 없는 큰 법칙을 세워, 주(周)나라를 높여 그 왕을 천왕(天王)이라고 하였습니다만, 임금이라는 명칭 이상의 존칭은 있을 수 없습니다. 그런데 진(秦)나라 왕이 여섯 나라[12]를 멸망시키고 천하를 통일한 후 '자기의 덕은 삼황(三皇)을 합해진 것이요, 공훈은 오제(五帝)보다 낫다' 하고는 임금의 칭호를 고쳐 황제라 하였습니다. 그때도 참람하게 왕이라 일컬은 사람이 자못 많았으니, 위(魏)나라 · 초(楚)나라 군주가 그러하였습니다. 이후부터 임금이라는 명분이 어지러워져서 문왕(文王) · 무왕(武王) · 성왕(成王) · 강왕(康王)의 높은 칭호도 땅에 떨어지고 말았습니다. 그리고 세상 사람들은 아는 것이 없어서, 인정(人情)으로 서로 외람된 일을 하니, 이런 것들을 말할 게 못

---

6) 《주역》의 〈격사전〉에 나오는 말.
7) 만물이 활동하면서 향상함.
8) 하늘과 땅을 기운으로서 본 것.
9) 하늘과 땅을 형체로서 본 것.
10) 중국의 하 · 은 · 주의 세 왕조를 일컬음.
11) 오경(五經)의 하나로, 중국의 역사책.
12) 중국 전국 시대의 여섯 왕국, 즉 제 · 초 · 연 · 한 · 위 · 조.

됩니다. 그러나 신(神)의 세계에서는 존엄을 숭상하니, 어찌 한 지역에 임금이 그렇게 많겠습니까? 서생은 한 하늘에는 두 개의 해가 없고, 한 나라에는 두 임금이 없다는 말을 듣지 못하였습니까? 그러니 그런 말은 믿을 일이 못 됩니다. 그러므로 재를 베풀어 영혼에게 제사 지내고, 대왕에게 제사한 후 지전을 사르는 것과 같은 짓을 왜 하는지, 나는 그 까닭을 알지 못하겠습니다. 서생은 인간 세상의 속임수를 낱낱이 말씀해 주십시오."

박생은 자리에서 뒤로 물러나더니, 옷깃을 여미고는 진술하였다.

"인간 세상에서는 부모가 세상을 떠나신 지 49일이 되면 계급의 높고 낮음을 가릴 것 없이, 초상 · 장사의 예절을 돌보지 않고 오로지 절에 가서 재를 올리는 것을 일삼고 있습니다. 부자들은 경비를 지나치게 쓰면서 남이 보는 데서 자랑하고, 가난한 사람도 토지와 가옥을 팔고 금전과 곡식을 빌려서, 종이를 아로새겨 기를 만들고 비단을 오려 꽃을 만들며 여러 스님들을 맞아 공양을 드립니다. 그들은 불상을 세우고 도사(道師)로 삼아 마치 새와 쥐가 지저귀는 것 같은 범패(梵唄)[1]를 하는데, 그 뜻과 이른 바는 알지 못합니다. 상주된 사람은 아내와 자녀를 거느리고 친척과 친구들을 불러들이므로 남녀가 뒤섞여서 변[2]이 낭자하니 깨끗한 세상은 더러운 뒷간으로 바뀌고, 고요한 장소는 시끄러운 시장바닥으로 바뀌게 됩니다. 또 이른바 시왕상(十王像)을 모셔 놓고 음식을 갖추어 그들에게 제사 지내고, 지전을 불살라 죄를 속하게 하는데, 시왕이 예의를 돌보지 않고 탐욕을

1) 석가여래의 공덕을 찬미한 노래.
2) 대변과 소변.

내어 이를 받겠습니까? 아니면 그 법도를 살펴서 법에 따라 이를 중하게 처벌하겠습니까? 이것이 제게는 분통터지는 일이었습니다만, 차마 말하지 못했습니다. 대왕은 저를 위해 제발 이 일에 대해서 분명히 말씀해 주십시오."

"아아, 그런 지경에까지 이르렀구려. 사람이 세상에 날 적에 하늘은 어진 성품을 주셨고, 땅은 곡식으로써 길러 주셨습니다. 임금은 법령으로 다스리셨고, 스승은 도(道) · 의(義)로써 가르치셨고, 부모는 은애(恩愛)로써 길러 주셨습니다. 이로 말미암아 오륜(五倫)이 차례가 있게 되고, 삼강(三綱)[3]이 문란하지 않게 된 것입니다. 이에 따르면 상서로운 일이 닥쳐 오고 이를 거스르면 재앙이 옵니다. 상서와 재앙은 사람이 받는 데 따를 뿐입니다. 사람이 죽으면 정신과 기운은 곧 흩어져, 영혼은 하늘로 올라가고, 몸뚱이는 땅으로 내려와 근본으로 돌아가는데, 어찌 다시 캄캄한 저승 속에 머무르는 일이 있겠습니까? 또 원한을 품었거나 원망하는 혼령과 횡사(橫死)나 요절(夭折)한 귀신은 정당한 죽음을 얻지 못해서 기운을 펴지 못해, 싸움터인 모래밭에서 시끄럽게 울기도 하고 생명을 잃은 원한 맺힌 집에서 간혹 처량하게 울기도 합니다. 그들은 혹은 무당에게 부탁해서 사정을 통해 보기도 하고, 어떤 사람에게 의지하여 원망해 보기도 하는데, 비록 정기가 그때에는 흩어지지 않는다고 하더라도 결국은 다 없어지고 말게 됩니다. 이들이라 해서 어찌 잠깐 명부(冥府)에 모습을 나타내서 지옥의 죄벌을 받는 일이 있겠습니까? 이런 일은 사물의 이치를 연구하는 학자로서는 마땅히 짐

3) 유교의 도덕에 있어서 기본이 되는 세 가지 강령.

작할 수 있는 일입니다. 부처님께 재를 올리고, 시왕께 제사를 지내는 일은 더욱 허탄(虛誕)합니다. 또 재란 말은 정결(淨潔)하게 한다는 뜻인데, 그렇게 되면 부정한 일을 정결히 해서 정결을 이루는 것입니다. 부처란 깨끗함을 이름이요, 임금은 존엄함을 이르는 것입니다. 임금이 수레를 요구하고 금(金)을 요구한 일은 《춘추(春秋)》에서 공박 받았고, 불공에 돈을 사용하고 명주를 사용한 일은 한(漢)나라나 위나라 때 와서 시작된 것입니다. 어찌 깨끗한 부처님이 세속의 공양을 받으실 것이며, 존엄한 임금이 죄인의 뇌물을 받으실 것이며, 저승의 귀신이 인간의 죄악을 용서하겠습니까? 이것도 또한 이치를 연구하는 선비로서는 마땅히 헤아려 볼 문제입니다."

"그렇다면 사람은 윤회(輪廻)[1]해서 그치지 않고, 이승을 떠나면 저승에서 산다는 뜻을 들려 주시겠습니까?"

"정기가 흩어지지 않았을 적에는 윤회할 것 같기도 하지만, 시간이 오래 되면 정기가 흩어져서 소멸되는 것입니다."

"그런데 대관절 대왕은 어째서 이런 곳에 와서 임금이 되셨습니까?"

"나는 인간 세상에 있을 때, 나라에 충성을 다 바치며 힘을 내어 도적을 토벌하였습니다. 그리고 스스로 맹세하기를 '죽어서 여귀(厲鬼)가 되어 도적을 죽이리라.' 하였습니다. 그런데 죽은 후에도 그 소원이 남아 있었고 충성심이 사라지지 않았기 때문에, 이 흉악한 곳에 와서 임금이 된 것입니다. 지금 이 땅에 살면서 나를 우러러보는 사람들은 모두 전생에 부모나 임금을

---

1) 사람이 죽었다가 나고, 다시 났다가 죽고 몇번이고 반복하는 일. 이 일을 마치 수레바퀴가 도는 것에 비유한 말.

죽인 대역(大逆)이거나 간흉들입니다. 그들은 이 땅에 의지해 살면서, 내게 제어(制御)[2]를 받아 그릇된 마음을 고치려 하고 있습니다. 그러나 정직하고 사심 없는 사람이 아니면 이 땅의 임금 노릇을 할 수 없습니다. 들으니, 서생은 정직하고 뜻이 굳어 세상에 계시면서 지조를 굽히지 않으셨다 하니 참으로 달인(達人)[3]이올시다. 그러나 그 뜻을 세상에서 한 번도 펴 보지 못하였으니 마치 형산(荊山)의 옥덩어리[4]가 먼지 이는 벌판에 버려지고, 밝은 달이 깊은 못에 잠긴 것과 같습니다. 뛰어난 장인을 만나지 못하면 누가 지극한 보물을 알아보겠습니까? 이 어찌 애석하지 않겠습니까? 나는 시운(時運)이 이미 다하여 장차 이 자리를 떠나야 하고, 서생도 명수(命數)가 이미 다하였으므로 곧 인간 세상을 하직해야 합니다. 그러니 이 나라를 맡아 다스릴 사람은 서생이 아니고 누구이겠습니까?"

그리고는 잔치를 베풀어 극진히 즐겁게 해 주었다. 이윽고 임금은 박생에게 삼한(三韓)의 변천에 대해서 물었으므로 샅샅이 얘기했다. 화제가 고려의 건국에 이르자, 임금은 탄식하며 서글퍼하기를 두세 번이나 하더니 말했다.

"나라를 다스리는 사람은 폭력으로써 백성을 위협해서는 안 됩니다. 백성들이 두려워해서 복종하는 것 같지마는, 마음 속엔 반역할 의사를 품고 있습니다. 그것이 시일이 지나면 마침내 큰 일을 일으킵니다. 덕이 있는 사람은 힘을 가지고 왕위에 오르지 않습니다. 하늘이 비록 간곡하게 말하는 것은 아니지만, 그가

2) 통제하여 바른 길로 나가게 함.
3) 사물에 널리 통달한 사람.
4) 춘추 시대 초나라 사람인 변화가 형산에서 옥덩이를 얻었는데, 매우 값진 옥이라고 함.

올바르게 일하는 모습을 백성들에게 보여 임금이 되게 합니다. 상제(上帝)의 명은 실로 엄합니다. 대개 나라는 백성의 나라이고, 명령은 하늘의 명령입니다. 그런데 천명이 가 버리고 민심이 떠나면, 자기 몸을 보전하고자 해도 어찌 보전되겠습니까?"

박생이 또 역대 제왕들이 이도(異道)를 숭상하다가 재앙을 받은 일을 얘기하니, 임금은 이 말을 듣고 문득 이맛살을 찌푸리면서 말했다.

"백성들이 노래를 부르면서 임금의 공덕을 칭송하는데도 수재(水災)나 한재(旱災)가 닥치는 것은 하늘이 임금에게 매사에 삼갈 것을 거듭 경고하는 것이며, 백성들이 임금의 정사에 대해 원망하는데도 상서로운 일이 나타나는 것은 요괴가 임금에게 아침해서 더욱 교만 방종하게 하는 것입니다. 비록 제왕에게 상서가 온다고 해서 백성들이 편안해질 수 있겠습니까? 그렇다고 원통함을 말할 수 있겠습니까?"

박생이 말했다.

"간사한 신하들이 벌떼처럼 일어나고, 큰 난리가 자주 일어나는데도 임금이 백성들을 위협하고서는 그것을 잘한 일로 생각하고, 명예를 구하려 한다면 어찌 나라가 평안할 수 있겠습니까?"

박생의 말을 들은 임금은 한동안 묵묵히 말이 없더니, 이윽고 탄식하며 말했다.

"서생의 말씀이 옳습니다."

잔치를 마친 후 임금은 박생에게 왕위를 물려주기 위해 곧 손수 선위(禪位)의 글을 지어 내리니 이러하였다.

'우리 염주(炎州)의 땅은 실로 장려(瘴癘)병이 유행하는 나라

이므로, 우왕(禹王)의 발자취도 이르지 못하였고[1], 목왕(穆王)의 말발굽도 미친 적이 없었습니다.[2]

붉은 구름이 해를 가리고, 독한 안개가 공중을 막고 있으며 목이 마르면 더운 김이 오르는 구리 쇳물을 마셔야 하고, 주리면 불에 쪼인 뜨거운 쇳덩이를 먹어야 하니 야차(夜叉)[3]나 나찰(羅刹)[4]이 아니면 발붙일 곳이 없으며, 도깨비패가 아니면 그 기운을 펼 수가 없는 곳입니다. 화성(火城)은 천리를 뻗어 있고 쇠로 된 산이 만겹이나 되는데, 백성의 풍속은 강하고 사나우니, 정직한 사람이 아니면 그들의 간사하고 악독한 짓을 분별할 수 없으며, 지세(地勢)는 굴곡이 심해 험준하니, 위엄 있는 분이 아니면 그들을 교화시킬 수 없을 것입니다. 반갑구나! 동국(東國)에서 오신 박 서생이시여, 서생은 정직하고 사심이 없으며, 강직하고 과단성이 있으며, 여러 사람을 포용하는 자질을 갖추어 있어 몽매한 사람을 깨우쳐 주실 재주를 가지고 계십니다. 비록 살아 계실 동안에는 현달하지 못했지만 기강을 바로잡는 일은 실은 죽은 후에 있는 것입니다. 모든 백성이 영원히 믿고 의지할 분이 서생이 아니고 누구이겠습니까? 마땅히 도덕으로 인도하고 예법으로 정제하여, 백성들을 지극히 착하게 만들어 주시고, 몸소 실천하고 마음으로 깨달아 세상을 태평하게 해주실 일입니다. 하늘을 본받아 뜻을 세우고 요(堯)임금이 순(舜)임금에게 왕위를 물려주시는 일을 본받아 내 이제 이 자리를 서생

---

1) 하나라 우왕이 9년 홍수를 다스리기 위해 그의 발자취가 9주(洲)에 이르지 않은 곳이 없었으므로 중국 본토를 일컫기도 함.

2) 주나라 목왕이 여덟 마리의 준마를 타고 천하를 돌아다녔다고 함.

3) 귀신의 이름. 모습은 추하고 괴상하며 성질이 사나워 사람을 잘 해친다고 함.

4) 귀신의 이름. 성질이 사나워 사람을 잡아먹는다고 함.

에게 물려줍니다. 아아, 서생은 삼가 받을지어다.'

박생은 그 글을 받아들고 응낙한 후 두 번 절하고 물러나왔다. 임금은 다시 신하와 백성들에게 영을 내려 축하드리게 하고 태자의 예절로써 그를 전송하게 하였다. 임금은 또 박생에게 말했다.

"머지않아 곧 돌아오셔야 합니다. 수고스럽지만 이번에 가시거든 나와 문답한 말을 전해서 널리 세상에 알려 황당한 일들을 모조리 없애게 하십시오."

박생은 다시 두 번 절을 올려 감사의 뜻을 표하고 말했다.

"어찌 만분의 하나라도 그 뜻을 백성에게 선양하지 않겠습니까?"

박생은 하직하고 문 밖으로 나와 수레에 올랐다. 그때 수레를 끌던 사람이 발을 헛디뎌서 수레바퀴가 넘어졌다. 그 바람에 박생도 쓰러졌다. 깜짝 놀라 일어나니 한바탕 꿈이었다.

눈을 떠서 자세히 살펴보니 서책은 책상 위에 던져져 있고, 등잔불은 가물거리고 있었다. 그는 감격 속에 의아히 생각하고 있다가, 장차 죽을 일을 염두에 두고 날마다 집안일을 정리하는 데 마음을 기울였다.

몇 달 후에 박생은 병을 얻었는데 결코 살아나지 못할 줄 알았으므로 의원도 무당도 사절하고는 드디어 세상을 떠났다. 그가 세상을 떠나려 하던 날 저녁에 이웃집 사람의 꿈에 어떤 신이 나타나서,

"너희 이웃집 아무개가 장차 염라왕이 될 것이다."고 하였다 한다

용궁부연록(龍宮赴宴錄)

용궁의 잔치에 초대받다

송도(松都)[1]에 천마산(天魔山)이 있는데, 그 산은 여러 산봉우리가 하늘로 높이 솟아 있다 하여 천마산이라 불리게 되었다. 천마산 속에는 용추(龍湫)[2]가 있는데, 이름을 박연(朴淵)이라 한다. 그 못의 둘레는 얼마 되지 않으나 깊이가 몇 십자나 되는지 알 수 없으며, 물이 넘쳐서 폭포를 이루고 있는데, 그 높이가 백여 길은 되어 보였다.

경치가 맑고 아름다우므로 구경 다니는 스님이나 나그네들은 반드시 이곳을 구경하였다. 옛부터 이곳에 용신이 살고 있다는 전설이 전기에 실려 전해 왔으므로 나라에서는 해마다 명절이면 큰 소를 잡아서 제사를 지내게 하였다.

고려 때 한생(韓生)이 살고 있었는데, 젊어서부터 글을 잘 지

1) 지금의 개성.
2) 폭포수가 떨어지는 바로 밑의 웅덩이.

어 조정에 이름이 알려지고, 문사(文士)로 평판이 있었다.

하루는 한생이 거처하는 방에서 해가 저물 때까지 편히 쉬고 있었더니, 문득 청삼(靑衫)[1]을 입고 복두(幞頭)[2]를 쓴 관원 두 사람이 공중으로부터 내려와서 뜰 밑에 엎드렸다.

"박연의 용왕님께서 모셔 오라는 분부이십니다."

한생이 깜짝 놀라 얼굴빛을 변하면서 말했다.

"신과 인간 사이에는 길이 막혀 있는데 어찌 통할 수 있겠소? 더구나 용궁은 길이 아득하고 물결이 사나우니 어찌 갈 수 있겠소?"

두 사람이 말했다.

"준마(駿馬)를 문 밖에 준비시켜 두었습니다. 사양하지 마시기 바랍니다."

마침내 그들은 몸을 굽혀 한생의 소매를 잡고 문 밖으로 모셨다. 거기에는 과연 총마 한 필이 있는데, 금안장 옥굴레에 누런 비단으로 배띠를 둘러 놓았는데 날개가 돋혀 있었다. 종자(從者)는 모두 붉은 수건으로 이마를 싸매고 비단 바지를 입고 서 있는데, 여남은 사람이나 되었다.

그들이 한생을 부축하여 말 위에 태우니, 일산을 든 사람이 앞에서 인도하고 기악(妓樂)[3]이 뒤를 따랐다. 그리고 그 두 사람도 홀(笏)[4]을 손에 잡고 따랐다. 미구에 말이 공중을 향해 날으니 말발굽 아래 구름이 뭉게뭉게 이는 것만 보일 뿐 땅에 있

1) 푸른 빛의 공복(公服).
2) 귀인이 쓰는 모자, 또는 과거에 급제한 사람이 홍패를 받을 때에 쓰던 모자.
3) 기생과 악공.
4) 벼슬아치가 조정에 나아가 임금을 뵐 때에 조복에 갖추어 손에 쥐는 물건. 임금의 명을 받았을 때 여기에 기록함.

는 것은 보이지 않았다.

눈 깜짝할 사이에 일행은 벌써 용궁문 밖에 도착했다. 말에서 내려서니 문지기들이 방게 · 새우 · 자라의 갑옷을 입고 창을 들고 주르르 늘어서 있는데, 그들의 눈자위가 한 치나 되었다. 한생을 보더니 모두 머리를 숙여 절하고는 교의를 놓고 앉아 쉬기를 청하였는데, 미리 기다리고 있었던 듯했다.

두 사람이 재빨리 안으로 들어가서 보고하니, 곧 푸른 옷을 입은 두 동자가 나와 손을 마주잡고 한생을 인도하여 안으로 들어가게 하였다. 그는 조용히 걸어가다가 궁문을 쳐다보았다. 현관에 함인지문(含仁之門)[5]이라 씌어 있었다.

한생이 문 안에 들어서자 용왕(龍王)이 절운관(切雲冠)[6]을 쓰고 칼을 차고, 손에 홀(笏)을 쥐고 뜰 아래로 내려와서 맞이했다. 그를 이끌고 다시 뜰 위로 해서 궁전으로 올라가더니, 앉기를 청하니 그것은 수정궁 안에 있는 백옥 걸상이었다. 한생은 엎드려 굳이 사양하며 말했다.

"하토(下土)의 어리석은 백성은 초목과 함께 썩을 몸인데, 어찌 감히 거룩하신 임금님께 외람되게 융숭한 대접을 받겠습니까?"

용왕이 말했다.

"오랫동안 선생의 명성을 들어 왔습니다만 오늘에야 모시게 되었습니다. 의아히 생각하지 마십시오."

용왕이 손을 내밀어 앉기를 청하였다. 한생은 세 번 사양한 후 자리에 올랐다. 용왕은 남쪽을 향해 칠보(七寶)로 만든 교의

5) 문 이름. 당나라 함원전과 뜻이 통함.

6) 《초사(楚辭)》에 나오는 관(冠) 이름.

에 걸터앉았고 한생은 서쪽을 향해 앉으려고 했는데, 교의에 앉기 전에 문지기가 와서 말씀을 올렸다.

"손님이 오셨습니다."

용왕은 또 문 밖으로 나가서 맞이해 들였다. 세 사람이 붉은 도포를 입고 채색 수레를 타고 나타났다. 위의(威儀)와 시종들로 보아 임금님에 틀림없었다.

용왕은 또 그들을 궁전 위로 인도했다. 한생은 들창 밑으로 숨었다가 그들이 자리에 앉은 후에 인사를 청해야겠다고 생각했다. 용왕은 그들 세 사람에게 권해서 동쪽을 향해 앉히고는 말했다.

"마침 인간 세상에 계신 문사 한 분을 모셔 왔습니다. 여러분은 서로 의아히 생각하지 마십시오."

용왕은 좌우의 사람을 시켜 한생을 모셔 오게 했다. 그가 재빨리 나아가서 인사를 하니 그들도 모두 머리를 숙이고 답례를 했다. 한생은 윗자리에 앉기를 사양하면서 말했다.

"여러 신께서는 귀중하신 몸이오나 저는 한낱, 가난한 선비일 뿐입니다. 감히 높은 자리에 오를 수 있겠습니까?"

윗자리를 굳이 사양하자 그들이 말했다.

"선생은 양계(陽界)[1]에 계시고 우리는 음계(陰界)[2]에 사니 매여 있지는 않습니다만, 용왕님은 위엄이 있을 뿐 아니라 사람을 보는 안식도 밝으십니다. 선생은 틀림없이 인간 세계의 문장 대가이실 것입니다. 용왕님의 명이시니 거절하지 마십시오."

용왕이 말했다.

---

1) 사람이 사는 세상, 곧 이세상.

2) 귀신이 사는 세상, 곧 저세상.

"어서들 앉으십시오."

세 사람은 한꺼번에 자리에 앉았고, 한생은 몸을 굽혀 올라가서 자리 끝에 꿇어앉았다. 용왕이 말했다.

"편히 앉으십시오."

모두 자리에 앉자 찻잔을 한 차례 돌린 후에 용왕이 말했다.

"과인은, 오직 딸 하나를 두었을 뿐인데, 벌써 시집 보낼 나이가 되었습니다. 장차 알맞은 사람과 혼례를 치르려고 하지만, 우리가 사는 집이 누추해서 사위를 맞이할 집도 화촉을 밝힐 만한 방도 없습니다. 그래서 따로 누각을 하나 지을까 하며, 집 이름을 가회각(佳會閣)[3]이라 하기로 했습니다. 장인(匠人)도 벌써 모았고 목재 · 석재도 다 준비되었습니다만 다만 없는 것이 상량문(上樑門)[4]입니다. 풍문에 들으니, 선생께서는 문명이 삼한(三韓)에 나타났고 재주가 백가(百家)에 으뜸간다 하므로, 특별히 멀리서 모셔 오게 한 것입니다. 과인을 위해 상량문을 하나 지어 주시면 감사하겠습니다."

말이 채 끝나기도 전에 두 아이가 하나는 푸른 옥돌 벼루와 상강(湘江)[5]의 반죽(班竹)[6]으로 만든 붓을 받들고, 다른 하나는 얼음같이 흰 명주 한 폭을 받들어 들어오더니, 꿇어앉아서 한생 앞에 놓았다.

한생은 고개를 숙이고 엎드렸다가 일어나더니, 붓에 먹을 찍어 곧 상량문을 써 내려가는데, 그 글씨는 구름과 연기가 서로

3) 누각 이름. '가회'는 부부 관계나 사랑을 맺게 될 연분의 회합이란 뜻임.
4) 들보를 올릴 때 이를 축하하는 글. 이 글의 체재는 모두 병려문임.
5) 중국에 있는 강 이름.
6) 상강 가에 난다는 대나무.

얽히는 듯하였다. 문장은 이러했다.

'생각컨대, 천지 안에서는 용신(龍神)이 가장 신령스럽고, 인물 사이에는 배필이 가장 중하다. 용왕께서 이미 만물을 윤택하게 하신 공로가 있으니, 어찌 복을 받을 터전이 없으리. 《시경(詩經)》 관저장(關雎章)[1]에서 요조숙녀(窈窕淑女)는 군자호구(君子好逑)[2]라 함도 조화의 시초를 나타낸 것이며, 《역학(易學)》의 건괘(乾卦)[3]에서 비룡재천(飛龍在天)[4]에 이견대인(利見大人)[5]이라 함도 신령스러운 변화의 자취를 나타낸 것이다. 이에 새로 큰 궁궐을 지어 아름다운 칭호를 높이 게시하였는데, 이무기를 불러 힘을 내게 하고, 보배를 모아 재목을 삼으며, 수정과 산호로 기둥을 세우고, 용뼈와 낭간(琅玕)[6]으로 들보를 걸어, 주렴을 걷으면 높은 산이 푸르러 있고, 백옥 들창을 열면 골짜기에 구름이 둘러 있다. 가족은 화합하여 복록을 만년토록 누릴 것이요, 부부가 화락하여 귀한 자손이 억대에 번성하리라. 풍운의 변화를 돕고 영원히 조화의 공덕을 나타내어 높은 하늘에 오를 때나 깊은 못에 있을 때나 하민(下民)의 갈망을 구제하고 상제(上帝)의 어진 마음을 도와서 그 기세가 천지에 떨치고 위엄과 덕망이 원근 지방에 흡족하여 검은 거북과 붉은 잉어는 기뻐 뛰면서 소리를 지르고 산괴물과 산도깨비도 차례대로 와서 축하한다.

---

1) 징경이의 자웅이 서로 분별이 있음을 주나라 문왕 부부간의 화합에 비유해서 지은 시라고 함.
2) '얌전한 숙녀는 군자의 좋은 배필이다' 라는 뜻.
3) 64패의 첫째 패. 건은 하늘을 뜻함.
4) '나는 용이 하늘에 있다' 로, 즉 '성인이 임금 자리에 있음' 을 뜻함.
5) '대인을 만나기에 좋다' 로, 즉 '덕이 높은 사람을 만난다' 는 뜻.
6) 옥 비슷한 아름다운 돌.

마땅히 단가(短歌)를 지어 곱게 조각한 위에 높이 걸어야겠다.'

들보 동쪽으로 눈을 돌려 보니,
울긋불긋 높은 산이 저 하늘을 버티었네.
하룻밤 우렛소리가 시냇가에 진동해도,
만 길 푸른 벼랑에는 구슬빛이 영롱해라.

들보 서쪽으로 눈을 돌려 보니,
바위 밑 험한 길에 산새들만 울고 있네.
깊고 깊은 저 용추(龍湫)는 몇 길이나 되겠는가,
한결같은 봄 물결이 파려(玻瓈)[7]처럼 맑아졌네.

들보 남쪽으로 눈을 돌려 보니,
10리 송림 우거진 곳 푸른 남기(嵐氣) 비껴 있네.
굉장한 저 신궁(神宮)을 그 누가 알 것인가,
푸른 유리 밑바닥에 그림자만 담겨 있네.

들보 북쪽으로 눈을 돌려 보니,
막 오른 아침 햇살에 못물이 거울 같네.
흰 비단 3백 길이 저 공중에 가로 걸려,
하늘 위 은하수가 이곳에 떨어졌나.

들보 위로 눈을 돌려 보니,

7) 불교에서 일컫는 일곱 가지 보배의 하나로, 수정과 같은 것임.

창공의 무지개를 손을 뻗어 잡겠구나.
동해 부상(扶桑)[1]이 천만 리나 되지만,
인간 세상 돌아보니 손바닥과 같도다.

들보 아래로 눈을 돌려 보니,
아깝게도 봄 들판에 아지랑이 오르는구나.
신령스런 물 한 방울 이곳에서 가져다가,
이제부터 온 세상에 단비를 뿌려 보소.

원컨대 이 집을 건축한 후에 혼례를 이룬 날에는 온갖 복록이 다 이르고, 많은 상서가 모두 모여들어 요궁(瑤宮) 옥전(玉殿)에는 상서로운 구름이 피어오르고, 봉황 베개와 원앙 이불에는 즐거운 소리가 들끓게 되어 그 덕이 나타나게 되고 그 신령이 빛나게 될 것이다.'

한생은 글을 쓰기를 마치자 곧 용왕에게 바쳤다.

용왕은 크게 기뻐하여 이에 세 신에게 명하여 이 글을 차례로 보게 하니 세 신이 모두 떠들썩하게 감탄하고 칭찬하였다. 이에 용왕은 한생을 대접하기 위하여 잔치를 열게 하니 한생은 꿇어앉아서 물었다.

"높은 신들이 이 자리에 다 모였사오나 존함을 미처 묻지 못하였습니다."

용왕이 말했다.

---

1) 동쪽 바다의 해 돋는 곳.

"선생은 양계(陽界)에 계시므로 모르실 것입니다. 이 세 분 중 첫째 분은 조강(祖江)[2]의 신이요, 둘째 분은 한강의 신이며, 셋째 분은 벽란(碧瀾)[3]의 신입니다. 우리 오늘 다같이 놀까 해서 이렇게 초대한 것입니다."

술자리가 다하려 하자 풍악이 시작되었다. 미인 10여 명이 푸른 소매를 흔들거리며 머리 위에 구슬꽃을 꽂고 앞으로 나왔다가 뒤로 물러갔다 춤을 추면서 벽담곡(碧潭曲)[4] 한 곡조를 불렀다. 그 곡조는 이러하다.

푸른 산 저 빛은 새파랗고 푸른 못 저 물은 넓고도 깊네,
우렁차게 솟는 샘물 은하수에 닿았구나.
저 가운데 계신 임의 패옥 소리 쟁쟁하네.
빛나오신 위엄이요, 걸출하신 기국(器局)이네.
좋은 시절 좋은 날에 봉황새가 우는 시절,
나는 듯한 좋은 집에 상서가 영장하네.
문사를 모셔다가 글 지어서, 덕을 노래하며 들보를 올리네.
향내나는 술 부어 잔 돌리고 제비처럼 봄날 건네.
향로엔 향내 뿜고 돌솥엔 미음 끓네,
북소리를 둥둥치고, 용피리 불며 행진하네.
높이 앉은 신이시여! 지극한 덕 못 잊겠네.

춤이 끝나자 다시 총각 10여 명이 왼손에는 피리를 잡고 오른

2) 한강과 임진강이 통진 북쪽에 이르러 합쳐진 강.
3) 벽란도. 개성 서쪽에 있는 나루.
4) 깊고 푸른 용추(龍湫)를 읊은 노래.

손에는 새깃 일산(日傘)[1]을 들고 서로 돌아보면서 회풍곡(回風曲)[2]을 불렀다. 그 노래는 이러했다.

산기슭에 계신 임은 덩굴 풀로 옷 입었네,
저문 날 저 물결은 가는 무늬 비단 같네.
나부끼는 바람 앞에 귀밑 털이 헝클어지고,
피어오른 구름 속엔 옷자락이 너울너울.
느긋하게 빙빙 돌다가 예쁜 웃음 마주치네.
내 입은 홑겹 옷은 여울 위에 던져 두고,
내 꼈던 가락지는 모래밭에 벌여두다.
금잔디에 이슬 젖고 높은 산에 연기 끼네.
울쑥불쑥 저 봉우리 멀리서 바라보니,
마치 저 강 위에 푸른 소라와 비슷하네.
드문드문 징 소리에 취한 춤이 비틀비틀.
강물처럼 많은 술에 언덕처럼 쌓인 고기.
손님이 이미 취하셨으니 새 곡조를 불러 보세.
몸을 잡고 서로 끌며 손뼉 치며 껄껄 웃네.
옥 술병을 두드리며 남김 없이 마셨으니,
맑은 흥취 다해지자 슬픈 마음 절로 나네.

춤이 끝나자 용왕은 기뻐하여 술잔을 씻고 다시 술을 부어 한생 앞에 권하면서 스스로 옥피리를 불고 수룡음(水龍吟)[3] 한 곡

---

1) 춤출 때 쓰는 해를 가리는 양산.
2) 가곡의 이름. 회풍은 회오리바람.
3) 《전사명해(塡詞明解)》에 나오는 사곡(詞曲)의 이름.

을 노래하여 즐거운 정을 다하게 하니 그 가사는 이러하였다.

음악 소리 울리는 속에 술잔 돌리니,
기린 무늬의 향로에서 용뇌(龍腦) 향기 뿜어 내네.
저 옥저 한 소리에 천상 구름 흔적 없네.
소리가 물결치니 가락의 풍월로 바뀌었네.
경치는 한가하고 인생은 늙어가니,
애달픈 이 세월은 화살같이 빠르구나.
풍류가 좋다마는 꿈결처럼 지나가니,
즐거움도 잠시라 번뇌를 어이하리.
서산에 채색 남기(嵐氣) 초저녁에 없어지고,
동산에 둥근 달이 기쁘게도 찾아오네.
술잔 높이 들어 저 달에게 물어 보자.
인간의 온갖 태도 몇 번이나 보아 왔소.
금술잔에 술을 두고 좋은 풍채 취해 있네.
그 누가 자빠뜨려 좋은 손님 위하여,
10년 동안 막힌 사이 완전히 벗어나서,
푸른 하늘 오르듯이 유쾌하게 놀아 보세.

용왕은 노래를 마치자 옆 사람을 돌아보면서 말했다.

"이 장소의 놀음은 인간 세상과 같지 않으니 그대들은 귀한 손님을 위하여 각기 재주를 보이라."

이에 한 사람이 자칭 곽개사(郭介士)[4]라 소개하고는 발을 들

---

4) 게의 별칭. 곽으로 성을 삼고, 개사로서 이름을 삼았음.

고 모로 걸어 앞으로 나와 말했다.

"저는 바위 틈에 숨어 사는 선비요, 모래 구멍에 사는 한가한 사람입니다. 8월에 바람이 맑으면 동해 바닷가에 가서 벼까끄라기를 실어나르고, 9월 하늘에 구름이 흩어질 때는 남정성(南井星)의 곁[1]에서 광채를 머금기도 합니다. 속은 누렇고 겉은 둥글며 갑주로 몸을 싸고 날카로운 창을 가졌습니다. 늘 손발을 잘려서 솥에 들어갔으며, 비록 정수리를 갈리면서도 사람을 이롭게 하였습니다. 멋스러운 맛은 장사의 얼굴빛을 기쁘게 하고 조동(躁動)하는 꼴은 마침내 부인들의 웃음거리가 되었습니다. 조(趙)나라 왕 윤(倫)[2]은 물 속에서 만나더라도 저를 미워하였으나 송나라 전곤(錢昆)[3]은 지방에 나가 있으면서도 저를 생각했습니다. 죽어서는 진(晋)나라 필이부(畢吏部)[4]의 손에 들어갔으나 초상은 당나라 한진공(韓晋公)[5]의 화필에 의탁되었습니다. 오늘 이 같은 장소를 만나 놀게 되었으니 마땅히 다리를 들어 춤을 추겠습니다."

하더니, 곽개사는 곧 그 앞에서 갑옷을 입고 창을 잡아 쥐었으

---

1) 남정성은 남방에 있는 별 이름. 그 곁에 거해성(巨蟹星)이 있음.

2) 진(晋)나라 때 해계란 사람과 묵은 감정이 있었는데, 후에 윤이 해계의 형제를 잡자, 양나라 왕 동 등이 해계를 구원하려 하자 윤은, '나는 물 속에서도 게를 미워하는데 하물며 이 두 형제가 나를 경멸하고 있음에야' 하고는 마침내 해계 형제를 죽여 버렸다는 고사가 있음.

3) 송나라 때 여항 사람. 평소에 게를 즐겼는데, 일찍이 지방에 보직되기를 희망하자 사람들이 그 하고자 하는 바를 묻자, '나는 다만 게만 있고 통판(通判)이 없는 곳이면 좋겠다' 고 했다는 고사가 있음.

4) 진(晋)나라 때의 이부상서인 필탁(畢卓)을 일컬음.

5) 당나라 때의 한황(韓滉)을 일컬음. 이름이나 이상한 짐승, 물소 등을 잘 그렸는데, 특히 방게 그림이 뛰어났다고 함.

며, 침을 흘리고 눈을 부릅떴다. 눈동자를 굴리며 팔다리를 흔들더니 비틀거리면서 재빨리 앞으로 갔다가 뒤로 물러나면서 팔풍무(八風舞)[6]를 추었다. 그와 같은 무리 몇십 명도 고개를 숙여 엎드려 돌면서 절차에 맞추어 춤을 추었다. 곽개사는 곧 노래를 지어 불렀다.

강해(江海)에 의탁하여 구멍 속에 살지언정,
기운을 토한다면 범과 함께 다투리라.
신장이 9척이니 조공에 넉넉하고,
종류가 열 가지니 명칭도 많을세라.
거룩하신 용왕님의 기쁜 잔치에 참석하여,
발을 구르면서 모로 걸어가네.
깊은 못 속에 홀로 잠겨 있었더니,
강나루의 등불에 놀라기도 했었지.
은혜를 갚기 위해 구슬 눈물을 흘린 것인가[7],
원수를 갚기 위해 창을 뽑아 든 것인가.
물에 사는 거족(巨族)들은 못난 나를 비웃어서,
무장공자(無腸公子)라 하지만,
군자에게 비할 이 몸,
뱃속에 덕이 차니 내장이 노랗다네.
속이 아름다워 온 사지에 통달하니,

6) 음란하고 추악한 태도를 갖춘 춤.
7) 인어가 장사하러 인간 세계에 와서 한 집에 몸을 부쳐 살다가 돌아갈 때 그 집 주인에게 그릇을 가져오게 해서 울자 눈물이 구슬이 되어 은혜의 보답으로 그 구슬을 주인에게 주었다는 전설이 있다. 구슬은 게의 거품을 가리키는 말.

엄지발이 살이 쪄서 옥빛으로 통통하네.
오늘 밤이 어떤 밤인가? 선경 잔치에 참석하였네.
용왕께서 노래하니 손님들 취하셨네,
황금 전각(殿閣) 백옥상(白玉牀)에 술잔 돌려 풍류 베푸니,
피리 소리는 군산(群山)을 울리고,
선거(仙居)의 아홉 주발에는 신선의 술이 가득 찼네.
산귀신도 와서 춤을 추고 물고기들도 뛰노는구나.
모든 신하들이 제 자리를 얻었으니,
그리운 우리 임을 잊을 수 있을 건가.

이에 그 춤추는 태도가 왼쪽으로 돌다가 오른쪽으로 꺾어지며 뒤로 물러갔다가 앞으로 달아나기도 하니 자리에 가득 모였던 이들이 모두 몸을 비틀면서 웃음을 참지 못하였다.

그의 춤이 끝나자 또 한 사람이 나섰는데, 자칭 현선생(玄先生)[1]이라 했다. 꼬리를 끌며 목을 빼고 기운을 뽐내다가 눈을 부릅뜨고 앞으로 나와 말했다.

"저는 시초(蓍草) 그늘에 숨어 지내는 자요, 연잎 밑에서 노는 사람입니다. 낙수(洛水)에서 글을 등에 지고 나와 이미 하(夏)나라 우왕(禹王)의 공로를 나타내었으며, 맑은 강에서 그물에 잡혔으나 일찍이 송나라 원군(元君)의 계책[2]을 이루어 주었습니다. 비록 배를 갈라 사람을 이롭게 할지언정, 껍질 벗기는 것은 감내하기 어렵습니다. 두공에 산(山)을 새기고 동자기둥에

1) 거북의 높임말.
2) 꿈을 꾸고, 신령스러운 거북을 얻어 죽여 점쳤더니 실책이 없다고 함.
3) 노나라 장문중을 일컬음.

마름을 그렸으니, 껍질은 노(魯)나라 장공(臧公)[3]이 소중히 여겼으며 돌 같은 내장에다 검은 갑옷을 입었으니 내 가슴은 장사의 기상을 뽐내었던 것입니다. 진(秦)나라 노오(盧敖)[4]는 나를 바다 위에서 걸터앉았으며, 진(晋)나라 모보(毛寶)[5]는 나를 강가운데 놓아 주었습니다. 살아서는 세상을 기쁘게 하는 보배가 되고 죽어서는 도리를 예언하는 보물이 되었습니다. 마땅히 입을 벌려 노래를 불러 천 년 동안 속에 쌓였던 회포를 풀어 보겠습니다."

하고, 곧 그 앞에서 기운을 토하자 실오리처럼 나부끼어 그 길이가 100여 척이나 되더니, 이를 들어 마시자 자취도 없이 되었다. 그리고는 그 목을 움츠려서 사지 속에 감추기도 하고, 혹은 목을 길게 빼어 머리를 흔들기도 하더니 조금 후에는 앞으로 조용히 걸어와서 구공(九功)[6]의 춤을 추면서 홀로 앞으로 나왔다가 뒤로 물러갔다 하더니 이내 노래를 지어 불렀다.

산천(山川)에 의지하여 나 홀로 지내며,
다만 호흡만으로 오래오래 살고 있네.
천 년을 살면서 오색을 갖추고,
열 꼬리[7]를 흔들면서 가장 신령하였네.
내 비록 긴 꼬리를 진흙 속에 끌지라도,

---

4) 북해에서 놀 때, 거북의 등껍데기에 걸터앉아서 바지락조개를 먹었다고 함.
5) 일찍이 어떤 군졸에게서 흰 거북을 사서 오래 기르다가 강에 놓아 주었는데, 뒷날 그 강에서 조난 사고가 생겼을 때 강을 건너는 다른 사람들은 모두 익사했으나, 모보만은 이 거북의 보호를 받아 살아났다고 함.
6) 당나라 때 춤의 이름. 경선악(慶善樂)을 고쳐 만들었다고 함.
7) 거북은 천 년을 살면 다섯 가지의 빛깔과 열 개의 꼬리가 난다고 함.

묘당(廟堂)에 간직함은 내 소원이 아니로다.
단약(丹藥)을 안 먹어도 오래 살 수 있으며,
도리를 안 배워도 지혜가 통령(通靈)하네.
천 년만에 성군 만나 온갖 상서 나타내며,
수족의 어른 되어 주역(周易) 이치 연구하고,
문자를 그려 등에 지니 숫자가 있었으며,
길흉을 알려 주어 계책을 이루게 하였네.
슬기가 많다 해도 곤액은 어쩔 수 없고,
재능이 많다 해도 못 미칠 일 어찌하리.
죽음을 면하려니 물고기와 벗을 삼아,
목을 빼고 발을 들어 잔치 자리에 참석하였네.
용왕님의 조화 축하하려 뛰어난 필력 보여,
술 권하고 풍악을 베푸니 즐거움이 한이 없네.
북 치고 퉁소 부니 숨은 규룡이 춤을 추네.
산도깨비 모여들고 물귀신들 모여드네.
온교(溫嶠)[1]는 서각(犀角)[2] 태워 수중 요물 다 보았고,
우왕이 귀것을 알려 수중 괴물 못 숨었네.
앞뜰에서 서로 만나 춤추어 뛰어 놀며,
어떤 이는 껄걸 웃고 어떤 이는 손뼉 치네.
해 저물자 바람 이니 물고기 뛰고 물결 일렁이는데,
좋은 때 다시 올까 내 마음 슬프구나.

---

1) 진(晋)나라 때의 사람. 일찍이 그가 우저기에 이르니 물이 깊어 헤아릴 수 없었다. 세상 사람들이 말하기를 그 밑에 괴물이 많이 있다고 했으므로, 그는 드디어 서각을 태워 물에 비쳐 보니 조금 뒤에 물 속의 괴물이 다 보였다는 고사가 있음.
2) 물소 뿔의 한 종류. 이것을 태워 물에 비치면 물 속이 환해진다고 함.

노래는 끝났으나 그래도 황홀하여 발을 올렸다 내렸다 하며 춤을 추니 그 태도는 형용할 수 없어 온 좌석에 있던 이들은 웃음을 참지 못하였다.

현선생이 놀음을 끝내자, 숲 속의 도깨비와 산 속의 괴물들이 일어나서 각기 그 재능을 자랑하는데, 어떤 것은 휘파람을 불고 어떤 것은 노래를 부르며, 어떤 것은 춤을 추고, 어떤 것은 피리를 불며, 어떤 것은 그냥 기뻐하고, 어떤 것은 뛰놀았다. 그들의 노는 꼴은 각기 달랐으나 소리는 똑 같았는데, 그들이 지어 부른 노래는 이러했다.

신룡(神龍)이 못에 있지만 어느 때 하늘에 오르셔서,
아아, 천만 년 동안 기나긴 복을 누리소서.
귀한 손님 초대하니 엄연히 신선 같네.
저 새로 지은 사장(詞章)은 주옥을 꿰맨 듯하네.
옥돌에다 깊이 새겨 천년 동안 전하리라.
군자께서 돌아가신다 하니 이 잔치를 베풀었네.
채련곡(採蓮曲)[3]을 노래하며 나풀나풀 춤을 추네.
두둥둥 쇠북을 두들기며 거문고 뜯어 화답하네.
배 저어라 한 소리에 고래처럼 술 마시네.
예절 모두 갖추니 즐거움이 끝이 없네.

노래가 끝나자, 강(江)의 군장(君長)이 꿇어앉아 시를 지어 바쳤다. 그 첫째인 조강(祖江)신의 시(詩)는 이러했다.

3) 악부의 이름. 중국 강남에서 불리던 농곡(弄曲). 내용은 대개 남녀 사이의 사랑임.

푸른 바다로 흘러드는 물은 그 형세 쉼이 없네.
힘차게 이는 물결이 가벼운 배를 띄었구나.
구름이 흩어진 뒤 밝은 달은 물에 잠기고,
밀물이 밀려들자 서슬바람 섬에 가득하네.
날이 따뜻해지자 거북과 물고기는 한가롭게 출몰하고,
맑은 물살에 오리떼는 제멋대로 떠다니네.
해마다 파도 속에 슬픈 일이 많았는데,
오늘 저녁 즐거움으로 온갖 근심 풀어졌네.

둘째인 낙하(洛河)신의 시는 이러했다.

오색 꽃 그림자는 겹자리를 덮었는데,
변두(籩豆)[1]와 악기는 질서있게 차려 있네.
운모 휘장 두른 곳엔 노랫소리 흘러나오고,
수정 주렴 드리운 속에선 나풀나풀 춤을 추네.
성스러운 용왕님께서 항상 이 못 속에만 계시올까?
문사는 그 전부터 자리 위의 보배로다.
어찌하면 긴 끈으로 지는 해를 잡아매어,
따뜻한 봄에 여러 날을 흠뻑 취해 보겠는가.

셋째인 벽란(碧瀾)신의 시는 이러했다.

신왕(神王)이 술에 취해 금상에 기대셨는데,

1) 변(籩)은 과일이나 포를 담는, 대나무로 만든 제기이고, 두(豆)는 식혜나 김치 등을 담는 나무로 만든 제기를 말한다.

산비는 부슬부슬 해는 벌써 석양이네.
너울너울 곱게 춤추며 비단 소매 돌아가고,
가느다란 맑은 노래 대들보를 안고 도네.
몇해 동안 묵은 원한 은섬을 뒤쳤으나,
오늘에야 기쁘게도 백옥잔을 함께 드네.
흘러가는 이 세월을 그 누가 알겠는가,
예나 지금이나 세상일은 너무나도 총망하네.

짓기를 마치고 용왕에게 바치니 용왕은 웃으면서 읽어 본 후에 사람을 시켜 한생에게 주었다. 한생은 이 시를 받아 꿇어앉아 읽었다. 세 번이나 거듭 음미하고 난 후 곧 그 자리에서 장편시 20운(韻)을 지어 성대한 일을 노래했다. 그 가사는 이러했다.

높이 솟은 천마산 공중에 나는 폭포,
바로 내려 숲을 뚫고 급히 흘러 시내가 되었네.
물 속엔 월굴(月窟)이고 못 밑엔 용궁이라.
풍운 변화로 자취 남기시고, 하늘에 올라 공을 세우시니,
가는 안개 피어오르고 상서로운 바람이 부네.
하늘에서 명령 받아 청구(靑丘)에 배치할 제,
구름 타고 조회하고 청총마를 달리며 비를 내리네.
금궐(金闕)에서 잔치 열고 옥계(玉階)에서 풍류를 베풀었으니,
찻잔엔 운기(雲氣) 뜨고, 연잎엔 붉은 이슬이 젖네.
위의도 정중하건만 예절은 더욱 높아.
의관문채 찬란하고 패옥 소리 영롱하네.

물고기와 자라가 조하(朝賀)하고 물신령도 모였으니
조화가 어찌 황홀하던지 숨은 덕이 더욱 깊네.
북소리에 꽃이 피고 술잔 속에는 무지개가 있네.
천녀(天女)는 옥저 불고 서왕모(西王母)는 거문고를 타네.
백배하고 술잔 올리며 만수무강 삼창하네.
눈빛 같은 과실에 수정 같은 채소까지 있어.
온갖 진미 배부르고 깊은 은혜 뼈에 스며드네.
신선 기운을 마신 듯, 봉래산에 구경 온 듯,
즐거운 뒤 이별이라 풍류 그만 꿈결 같네.

한생이 시를 지어 올리니 자리에 있던 사람들이 모두 감탄하고 칭찬하지 않는 이가 없었다. 용왕이 감사하면서 말했다.

"이 시를 마땅히 금석(金石)에 새겨 제 집의 보배로 삼겠습니다."

한생은 절하고 감사드린 후에 나아가 용왕에게 말했다.

"용궁의 좋은 일들은 이미 다 보았습니다만 그 위에 또한 궁실의 웅장함과 강토의 광대함도 두루 구경할 수 있겠습니까?"

용왕이 말했다.

"좋습니다."

한생은 허락을 얻어 문 밖에 나와서 눈을 크게 뜨고 보니 다만 오색 구름이 주위에 둘려 있는 것만 보여 동쪽과 서쪽을 분별할 수가 없었다.

용왕은 구름을 불어 없애는 신하에게 명하여 구름을 걷게 하자, 한 사람이 대궐 뜰에서 입을 오므리면서 한번에 불어 버렸다. 그러자 하늘이 환하게 밝아졌는데, 산과 바위 벼랑도 없어지고 다만 넓은 세계가 바둑판처럼 보였는데 수십 리나 되었다. 아름다운 꽃과 나무가 그 가운데 줄지어 심어져 있고, 바닥엔 금모래가 깔려 있었다. 둘레는 금성(金城)으로 쌓아졌으며 그 행랑과 뜰에는 모두 푸른 유리벽돌을 펴고 깔아서 빛과 그림자가 서로 비치었다.

용왕이 두 사자에게 명하여 한생을 인도하여 구경시키도록 했다. 한 곳에 이르자 누각 한 채가 있었는데, 그 이름은 '조원지루(朝元之樓)'라 했다. 이 누각은 전체가 파려(玻瓈)로 만들어졌고 구슬과 옥으로 장식하였으며, 황금색과 푸른색으로 아로새겼는데, 그 위에 오르자 마치 허공을 밟는 것 같았으며, 그 층계는 열 층계나 되었다. 한생이 그 위층계까지 다 오르려 하자 사자가 말했다.

"여기는 용왕께서 신력(神力)으로 혼자만 오르실 뿐이옵고 저희들도 또한 다 둘러보지 못하였습니다."

이 누각의 위층은 구름 위에 솟아 있으므로 보통 사람으로서는 도저히 오를 수 없는 곳이었다. 한생은 7층까지 올라갔다가 내려와서 다시 한 누각에 이르렀는데, 그 누각 이름은 '능허지각(凌虛之閣)'[1]이라 했다. 한생이 물었다.

"이 누각은 무엇에 소용됩니까?"

사자가 대답했다.

"이 누각은 용왕께서 하늘에 조회하실 때 그 의장(儀仗)을 정돈하고 그 의관을 치장하는 곳이옵니다."

한생은 다시 청하였다.

---

1) 능운각 · 능소각과 같음. 곧 공중에 높이 솟은 누각.

"그 의장을 보고 싶습니다."

사자가 한생을 인도하여 한 곳에 이르니 한 물건이 있는데, 마치 둥근 거울과 같았다. 그런데 번쩍번쩍 광채가 있어 눈이 아찔하여 똑똑히 볼 수가 없었다.

한생이 물었다.

"이것은 무슨 물건입니까?"

"번개를 맡은 전모(電母)의 거울입니다."

또 북이 있었는데 크고 작은 것이 서로 어울렸다. 한생이 이를 쳐보려고 하자 사자가 말리면서 말했다.

"만약 한 번 친다면 온갖 물건이 모두 진동하게 됩니다. 이것은 곧 우레를 맡은 뇌공(雷公)의 북입니다."

또 한 물건이 있는데 풀무와 같았다. 한생이 이를 흔들어 보려고 하니 사자는 다시 말리면서 말했다.

"만약 한 번 흔든다면 산의 바위가 다 무너지고 큰 나무가 뽑혀지게 됩니다. 이것은 바람을 일게 하는 풀무입니다."

또 한 물건이 있는데 모양이 청소하는 비와 같고, 그 옆에는 물독이 있었다. 한생이 비로써 물을 뿌려 보려고 하니 사자가 또 말리면서 말했다.

"만약 한 번 물을 뿌린다면 큰 물이 져서 산과 언덕이 물로 둘러싸이게 될 것입니다."

한생이 말했다.

"우뢰를 맡은 뇌공(雷公), 번개를 맡은 전모(電母), 바람을 맡은 풍백(風伯), 비를 맡은 우사(雨師)는 어디 있습니까?"

"이들은 천제(天帝)께서 깊숙한 곳에 가두어 나와 놀지 못하게 하였는데 용왕께서 나오시면 이에 집합시킵니다."

그 나머지 기구도 많았으나 일일이 다 알 수가 없었다. 또 긴 행랑이 몇 리나 연해 뻗어 있었는데 문에는 용의 형상을 새긴 자물쇠로 잠겨 있었다. 한생이 물었다.

"여기는 무엇하는 곳입니까?"

사자가 대답했다.

"이곳은 용왕께서 칠보(七寶)를 보관하여 두는 곳입니다."

한생은 한참 동안이나 두루 구경하였으나 다 볼 수 없었다. 한생이 말했다.

"그만 돌아가고자 합니다."

사자가 말했다.

"예, 좋습니다."

한생이 돌아오려고 하니 그 문들이 겹겹이 막혀서 어디로 가야할지 알 수 없었으므로 사자에게 말하여 앞에서 인도하게 하였다. 한생은 본디 있던 자리에 도착하자 용왕에게 감사하다는 뜻을 표했다.

"대왕의 은덕으로 좋은 경치를 두루 구경하였습니다."

두 번 절하고 작별하니 이에 용왕은 산호쟁반 위에 야광주(夜光珠) 두 개와 흰 비단 두 필을 담아서 전별의 노자로 주고 문밖까지 나와서 전송했다. 세 신도 함께 하직하고는 수레를 타고 곧 돌아갔다. 용왕은 다시 두 사자에게 명하여 산을 뚫고 물을 헤치는 서각(犀角)을 가지고 인도하게 하였다. 사자 한 사람이 한생에게 말했다.

"제 등에 올라 타고 잠깐만 눈을 감고 계십시오."

한생은 그 말대로 했다. 사자의 한 사람은 서각을 휘두르면서 앞에서 인도하니, 마치 공중으로 날아가는 것 같았는데 다만 바람 소리와 물소리가 잠깐 동안이라도 끊어지지 않았을 뿐이었다. 이윽고 소리가 그치어 한생이 눈을 떠 보니 다만 자기 몸은 거처하는 방 안에 누워 있을 뿐이었다.

한생이 문 밖에 나와서 보니 커다란 별이 드문드문 보였다. 동방이 밝아오고, 닭이 세 홰를 쳤으니 밤은 벌써 오경(五更)이었다. 재빨리 그 품속의 물건을 찾아서 보니 야광주와 흰 비단이 있었다. 한생은 이 물건을 상자 속에 깊이 간직하여 소중한 보물로 삼고 남에게는 보여 주지도 않았다.

그 후에 한생은 세상의 명예와 이익에는 생각을 두지 않고 명산에 들어갔는데, 그가 어디서 세상을 마쳤는지 알 수 없었다.

금오신화에 대하여

작품 해설

《금오신화》의 지은이는 조선 시대 단종 때의 생육신 중 한 사람인, 천재 문인 매월당 김시습이다. 이 작품은 다섯 개의 단편 소설로 이루어진 소설집으로서, 김시습의 불우하고 기구했던 삶과 시대 사회상을 뚜렷하게 보여 준다.

김시습은 조선 초기에 정치 권력을 좌우하던 건국 공신의 후예들로 형성된 훈구파에 대립하여, 그들 기성 세력에 육박하면서 성장하는 신흥 사류파(士類派)의 동반자였다. 그는 불교를 배척하고 유교를 숭상하는 사상적 격류 속에서 이 상반된 사상 체계를 융화시키는 데 성공한 철학자였다. 아울러 뛰어난 문학자로서, 고려 시대에 이미 패관 문학에서 꿈틀거리고 있던 소설적 창작 활동을 발전시켜 본격적인 우리 고대 소설을 개척했다. 이 점에서 그의 문학적 의의는 높이 평가받는다.

이 작품이 탄생할 수 있었던 데에는 국학 정신의 발로라는 시대적인 배경이 흐르고 있다. 조선 건국 이래 싹트기 시작한 국학 정신은 세종대왕의 한글 창제로 모든 체제가 중국적인 요소에서 벗어나 자주성을 갖추었다. 그러므로 이와 같은 시대 정신에서 《금오신화》는 무대가 이 땅으로 설정되었고, 이 땅 사람들이 등장했으며, 한 걸음 더 나아가 이 땅의 역사가 부각되었고, 이 땅의 꿋꿋한 독립적인 기상이 나타났다.

《금오신화》는 〈만복사저포기〉, 〈이생규장전〉, 〈취유부벽정기〉, 〈남염부주지〉, 〈용궁부연록〉 등 다섯 개의 단편 소설로 되어 있다. 작품에 담은 내용은 지은이 자신이 처한 사회 환경을 표현했다. 그것은 곧바로 세조 정권의 찬탈에 대한 분개의 표현이자, 벼슬에 뜻을 버리고 방랑의 길을 떠날 수밖에 없었던 지은이 자신의 생애에 대한 모색이었다.

만복사저포기

전라도 남원에 사는 노총각 양서생은 어느 날 만복사의 부처님께 저포놀이를 청했다. 그가 지면 부처님께 불공을 드릴 것이요, 부처님이 지면 그에게 고운 배필을 중매해 달라고 부탁하는 내기였다. 저포를 두 번 던진 결과 서생이 이겼다. 서생은 불좌 밑에 숨어서 배필이 될 여인을 기다렸다.

그때 문득 아름다운 아가씨가 나타났는데, 이 여인도 서생과 마찬가지로 부처님 앞에서 자신의 외로운 신세를 호소하며 좋은 배필을 얻고자 기원했다. 이를 본 서생은 그 여인 앞으로 뛰어나가 사연을 말한 뒤 두 사람은 정이 통해 하룻밤을 함께 지냈다. 그런데 이 여인은 인간이 아니라 왜적의 난리통에 죽은 처녀의 환신이었다.

이튿날 여인은 서생에게 자기가 사는 동네로 가기를 권했다. 서생은 거기서 융숭한 대접을 받았다. 사흘 뒤 그가 돌아갈 때 여인이 서생에게 신표로 은주발 한 개를 주었다. 그것은 그 여인의 무덤에 매장한 부장품이었다. 여인의 대상(大喪)인 동시에 제삿날인 다음날, 여인과 서생은 보련사에서 다시 만났다. 그러나 제사가 끝난 뒤 여인은 혼자 저승으로 떠나 버렸다. 서생은 끝내 그 여인을 잊지 못해 결혼도 하지 않고 지리산에 들어가서 평생 약초를 캐면서 마쳤다.

이 작품은 생과 사를 초월한 남녀의 애정 문제를 다룬 것으로, 죽은 남원 여인의 환신이 나타나 3세를 통해 서생을 받들겠다고 약속하고 있다. 이것은 김시습이 세종에게서 받은 은총을 영원히 잊지 않고 끝까지 보답하겠다는 염원으로 해석된다.

이생규장전

어느 봄날, 대학에 가던 이서생은 길가에 있는 귀족 집 담 안을 엿보다가 최낭자를 발견했다. 이것이 인연이 되어 그들은 꽃다운 인연을 맺었다. 그러나 당시 귀족 집안의 엄격한 도덕과 규율은 그들의 이러한 인연을 허용할 수 없었다. 이 일을 눈치

챈 이서생의 아버지는 그를 먼 곳의 농장으로 쫓아 버렸고 최낭자는 자리에 누웠다. 무남독녀인 최낭자가 병으로 눕자 그녀의 부모는 사실을 알아낸 후 그들의 인연을 맺어 주었다.

그 뒤 나라 안에 도적이 침범해 와서 두 집안은 각기 사방으로 흩어졌다. 서생은 간신히 피해 목숨을 보전했으나 최낭자는 끝내 정조를 지키다가 도적의 손에 죽었다.

피난에서 돌아온 서생이 최낭자의 집을 찾았지만 사람은 없고 빈 집만이 남아 있었다. 조금 후에 그곳에서 그는 최낭자를 만났는데, 그녀가 이미 죽은 환신인 줄 알면서도 반갑게 맞아 주었다. 그리고는 최낭자와 함께 도적에게 죽은 최낭자 부모의 시체도 장사지내 주었다. 그 뒤 최낭자는 평상시와 다름없이 함께 살았는데, 3년이 지난 어느 날 자신이 환신임을 말하고, 이제 떠나야 할 때가 되었다면서 울음을 터뜨리고는 하늘 높이 사라졌다. 몇 달 후 이서생도 그 뒤를 따라 세상을 떠났다.

이 작품은 한 여인이 굳은 의지로써 모든 장애를 물리치고 숭고한 사랑을 이룩한 장면을 실감나게 묘사하고 있다. 최낭자가 이리떼 같은 도적의 칼날에 쓰러지면서까지 끝내 정조를 지켜 이서생을 열렬히 사랑했다는 사실은 김시습이 세조 정권에 지조를 팔지 않고 단종에게 충성을 바치려고 한 굳센 의지를 표현한 것이라고 할 수 있다.

취유부벽정기

조선 세조 초년에 송도의 부유한 상인인 홍서생이 평양을 유람했다. 그는 풍채도 좋고 한시도 잘 짓는 위인으로, 친구와 어울려 한바탕 질탕하게 놀다가 술이 거나하게 취하자 아름다운 경치에 이끌려 홀로 부벽정에 이르렀다.

달빛은 끝없이 밝은데, 지나간 역사를 회고하니 무한한 감회가 솟아올라 그의 입에서는 어느덧 흥망성쇠를 한탄하는 시의 구절이 흘러나왔다. 이때 한 귀부인이 나타나, '나는 기자(箕子)의 후손으로, 나라가 망한 후에 조상이라 말하는 신인(神人)을 따라 신선 세계에 와서 살고 있다'고 말했다. 서로 시를 주고받았으나, 곧 선녀는 하늘로 올라가고 고향으로 돌아온 홍서생은 선녀를 그리다 병들어 누웠다. 이에 그 선녀의 시녀가 홍서생의 꿈 속에 와서, '상제께서 선녀의 추천으로 천국에 벼슬시켜 부르신다'고 했다. 꿈에서 깬 홍서생은 목욕재계하고는 조용히 숨을 거두었다.

이 작품 속에는 기자가 필부인 위만의 손에 나라를 빼앗겼다는 사실과 연약한 선녀가 사방으로 헤매다가 조상의 도움으로 천상으로 올라갔다는 사건이 나타나는데, 앞은 세조의 찬탈을 은연중 가리키고, 뒤는 어린 단종을 풀이해 놓았으며, 선녀가 글 잘하는 홍서생과 정서가 통해 천국으로 데려가 벼슬을 시켰다는 것은 김시습이 자신의 미래를 그린 것이라 추측된다.

남염부주지

유학(儒學)을 직업으로 삼던 경주의 박서생은 《중용》과 《주역》에 통달하고 스스로 〈일리론(一理論)〉이란 글을 써서 극락이니 지옥이니 귀신이니 하는 설을 강력히 부정했다. 어느 날 밤 꿈에 박서생은 염라국에 가서 염라왕과 세상을 어지럽히는 사물에 대해 문답을 나누었다. 염라왕은 박서생이 강직해서 불의에 굴복하지 않는 기백을 장하게 여겨 죄인을 심판하는 염라국 통치자로 뽑아 올려 마침내 자기 자리를 물려주었다. 꿈에서 깬 박서생은 몇 달 후에 세상을 떠났다. 이미 그는 저승의 통치자인 염라왕으로 결정되었기 때문이다.

이 작품에는 지은이의 철학 · 사상이 나타나 있는데, 곧 우주의 이치로서는 정도(正道)만 존재하며 정도가 아닌 것은 존재할 수 없다는 철학관이 부각되어 있다. 또한 정직하고 굽힘이 없는 박서생에게 죄인을 심판하는 염라왕의 직책을 맡긴 것은 천명과 민심에 어긋난 세조 정권을 비난하고 정의의 실천자인 김시습 자신이 현실의 불의배를 저승에서나마 다스려 보겠다는 굳은 의지를 나타낸 것이라고 하겠다.

용궁부연록

송도에 한서생이라는 글 잘하는 선비가 살고 있었는데, 하루는 푸른 옷에 복두를 쓴 두 사람이 하늘에서 내려와 송도 천마산의 박연 못에 있는 용왕의 명령으로 그를 모시러 왔다고 한다. 서생이 용궁에 닿으니 용왕이 맞이하며 출가하는 딸을 위해 새 궁궐을 짓는 중이라면서 서생에게 상량문을 지어 달라고 청했다. 서생은 곧 뛰어난 문장으로 상량문을 지어 주자 용왕이 기뻐하여 감사의 잔치를 베풀었는데, 물 속의 모든 고기가 총동원되어 춤을 추며 흥을 돋구었다.

서생이 돌아올 때 용왕이 구슬 두 개와 비단 두 필을 선사해 이것을 가지고 집으로 돌아왔는데, 문득 깨어 보니 꿈이었다. 놀라 주머니를 만져 보니 구슬과 흰 비단은 엄연히 들어 있었다. 그는 그 뒤 세속적인 명예와 이익을 탐내지 않고 산 속으로 들어갔는데, 어디서 세상을 마쳤는지 아무도 알지 못했다.

이 작품은 김시습 자신이 세종대왕의 은총을 받은 과거를 추억하면서 현재의 방랑 생활에서 인생 행로의 종착점을 모색하고 있음을 엿볼 수 있다. 작품 중에 글 잘하는 선비는 김시습 자신을, 용왕은 세종대왕을, 용녀는 문종과 단종을 그렸다. 그리고 용왕이 서생에게 노자로 준 빙초는 세종이 자기에게 상으로 준 비단을 말하는 것으로 짐작된다. 또 용왕국에 초대받은 꿈에서 깨어난 서생이 세상의 명예와 이익을 버리고 산 속에 숨은 것은, 세종대왕의 특별한 은총을 받은 김시습이 과거의 화려했던 추억을 되뇌이면서 자기의 인생 종착점을 향해 방랑의 길을 떠남을 시사한 것으로 볼 수 있다.

《금오신화》는 예로부터 명나라 구우가 지은 《전등신화》를 모방한 점이 있다고 한다. 《금오신화》가 《전등신화》의 영향을 입었음을 인정하지 않을 수 없다. 그러나 이 작품은 이 땅을 배경으로 시대와 사회를 표현하고 부각시켰다는 점에 특색이 있으며, 그 허구에 특별한 독창성이 있다고 하겠다.

지은이의 안타까운 심정과 비장한 의분은 끝내 현실적 · 비현실적인 사랑으로 방황하여 천국 · 지옥 · 용궁의 3계(界)를 편력했는데, 그는 이것을 자신의 분방한 필치와 해박한 지식으로 《금오신화》의 다섯 편 속에 담았다. 이처럼 이 작품이 조선 문학에 끼친 절대적인 영향은 짐작하고도 남음이 있다.

애석한 점이 있다면 이토록 국문학사상 뚜렷한 자취를 남긴 《금오신화》가 순수한 우리글로 씌어지지 않고, 한문으로 씌어져 많은 대중이 그 깊은 뜻을 직접 이해하고 음미하지 못하는 점이다.

작가 연보

1435년(세종 17년)	서울에서 출생.
1439년(세종 21년)	수찬 이계전의 문하에서 중용과 대학을 배워 능통함.
1449년(세종 31년)	어머니가 세상을 떠남.
1454년(단종 2년)	훈련원도정 남효례의 딸을 아내로 맞음.
1455년(세조 1년)	단종이 왕위를 빼앗겼다는 소식을 듣고 사흘 동안 밖에 나오지 않음. 아울러 중이 되어 이름을 설잠이라고 함.
1458년(세조 4년)	관서 지방을 여행.
1463년(세조 9년)	호남 지방을 여행. 가을에 〈탕유호남록후지(宕遊湖南錄後志)〉를 저술. 효령대군의 권유로 잠시 동안 《법화경》을 교정함.
1465년(세조 11년)	경주 금오산에 금오산실을 짓고 칩거.

	효령대군의 초청을 받아 서울 원각사의 낙성식에 참석.
1468년(세조 14년)	겨울에 금오산에 거처하고, 〈산거백영(山居百詠)〉을 저술.
1473년(성종 4년)	서울로 돌아와 도성 동쪽에 은거함.
1476년(성종 7년)	〈산거백영후지(山居百詠後志)〉를 저술.
1481년(성종 12년)	환속하여 안씨를 아내로 맞음.
1482년(성종 13년)	이때부터 세상일에 전혀 관계하지 않음.
1483년(성종 14년)	서울을 등지고 방랑길을 나섬.
1485년(성종 16년)	〈독산원기(禿山院記)〉를 지음.
1493년(성종 24년)	3월에 충청도 홍산현(현재의 부여군 외산면 만수리) 무량사에서 세상을 떠남.
1782년(정조 6년)	이조판서에 추증, 영월의 육신사에 배향됨.

▮구 인 환▮
서울대학교 사범대학 국어교육과 졸업
서울대학교 대학원 국어국문과 수료(문학 박사)
서울대학교 사범대학 교수
국어국문학회 대표이사 및
한국소설가협회 이사
문학과문학교육연구소 소장
서울대학교 명예교수

우리 고전 다시 읽기 11

금오신화

초판 1쇄 발행 2003년 2월 10일
초판11쇄 발행 2012년 6월 30일

지 은 이 김 시 습
엮 은 이 구 인 환
펴 낸 이 신 원 영
펴 낸 곳 (주)신원문화사

주 소 서울시 영등포구 당산동 121-245 신원빌딩 3층
전 화 3664-2131~4
팩 스 3664-2130

출판등록 1976년 9월 16일 제5-68호

* 잘못된 책은 바꾸어 드립니다.

ISBN 89-359-1077-5 03810